BIBLIOTHÈQUE NATIONALE

CHOIX

DE

CHEFS-D'ŒUVRE

DU XVᵉ AU XIXᵉ SIÈCLE

EXPOSITION DU 19 MAI AU 1ᵉʳ AOUT 1924
A LA BIBLIOTHÈQUE NATIONALE

ÉDITIONS ALBERT MORANCÉ

RENOV'LIVRES 2010

ET ouvrage, publié sous les auspices de la SOCIÉTÉ DES AMIS DE LA BIBLIOTHÈQUE NATIONALE ET DES GRANDES BIBLIOTHÈQUES DE FRANCE *fait* partie d'une collection destinée à perpétuer le souvenir des grandes manifestations artistiques organisées à l'aide des chefs-d'œuvre de nos collections nationales.

A cette collection appartiennent également :

LE LIVRE FRANÇAIS DES ORIGINES A LA FIN DU SECOND EMPIRE *(Exposition au Pavillon de Marsan, 4 au 30 avril 1923);*

LA MONTAGNE SAINTE-GENEVIÈVE *(Exposition de Manuscrits, Livres imprimés, Dessins, Estampes, Peintures, à la Bibliothèque Sainte-Geneviève, 22 mai au 22 juin 1924.)*

CHOIX
DE
CHEFS-D'ŒUVRE
DU XVe AU XIXe SIÈCLE

EXPOSÉS À LA BIBLIOTHÈQUE
NATIONALE AU PROFIT
DES ÉCRIVAINS COMBATTANTS
MORTS POUR LA FRANCE

OUVRAGE ÉTABLI
PAR LES SOINS DES
ÉDITIONS ALBERT
MORANCÉ, A PARIS
30-32, RUE DE FLEURUS

1780

LIBRAIRIE CENTRALE
D'ART ET D'ARCHITECTURE
ANCIENNE MAISON MOREL
FONDÉE EN 1780

BIBLIOTHÈQUE NATIONALE

CHOIX

DE

CHEFS-D'ŒUVRE

DU XVᵉ AU XIXᵉ SIÈCLE

EXPOSITION DU 19 MAI AU 1ᵉʳ AOUT 1924
A LA BIBLIOTHÈQUE NATIONALE

ÉDITIONS ALBERT MORANCÉ

J.-F. JANINET. — La Reine Marie-Antoinette

Estampes, 317.

AVANT-PROPOS

N France et à l'étranger, il n'y a pas d'éta-
blissement qui par l'ancienneté, la richesse,
l'universalité de ses collections, s'impose
avec plus de force que la Bibliothèque nationale à l'admiration de tous ceux qui s'intéressent
aux productions de l'esprit humain; on peut ajouter
qu'il n'y en a peut-être pas qui soit moins connu du
grand public.

Sans doute les hommes de lettres, les professeurs,
les savants, les artistes, qui viennent journellement se
documenter dans nos salles de travail, n'ignorent pas
le chemin de la rue Richelieu. Mais sauf en 1878, à
l'époque de l'Exposition universelle, en 1904, 1906 et
1908, où grâce à l'initiative de M. Léopold Delisle et de
M. Henry Marcel, des expositions ont été organisées
et ont obtenu un succès considérable, on peut dire
qu'aucune vue d'ensemble des inestimables trésors
de la Bibliothèque nationale n'a jamais été présentée.
Il semble que le moment soit arrivé d'entr'ouvrir plus
largement les portes de notre grand dépôt national,

et de préparer des expositions temporaires et renouvelables qui feraient passer sous les yeux du public les chefs-d'œuvre du patrimoine national qu'il ignore.

M. Léon Bérard, étant ministre de l'Instruction publique et des Beaux-Arts, a voulu que la première exposition de ce genre, organisée avec le bienveillant concours de la Société des Amis de la Bibliothèque Nationale et des grandes Bibliothèques de France, fût l'occasion de venir en aide aux anciens combattants pour la publication de leur anthologie. Cette marque de reconnaissance était bien due à ceux qui, au péril de leur vie, ont assuré à la France la conservation de ces incomparables richesses littéraires, scientifiques et artistiques et les ont préservées de la ruine.

Cette touchante idée est une garantie du succès de cette exposition.

T. M.

APERÇU HISTORIQUE
SUR LA BIBLIOTHÈQUE NATIONALE

UN ministre de l'Instruction publique ouvrant il y a quelque treize ans la première séance d'une Commission chargée d'étudier les services de la Bibliothèque nationale, disait en parlant d'elle « C'est « une vieille et noble dame à laquelle tout Français « doit respect et affection ». En effet, c'est autant par l'ancienneté de ses collections que par leur richesse et leur nombre que notre grand dépôt national occupe un des premiers rangs, sinon le premier, parmi les établissements similaires du monde. Son origine se confond avec les premiers temps de notre histoire. Au nombre de ses plus anciens et précieux volumes, le Département des manuscrits conserve : l'Evangéliaire de Charlemagne écrit sur parchemin pourpré en 781, les Evangiles de Louis-le-Débonnaire, les Bibles de Charles-le-Chauve, la Bible de Blanche de Castille, reine de France, le Psautier de Saint-Louis. Mais si nos premiers rois ont possédé des livres de piété, véritables joyaux qui ne les quittaient jamais, ils n'avaient pas, à proprement parler, de bibliothèque. C'est Charles V qui le premier réunit dans une tour du château du Louvre une *librairie,* comme on disait

alors, contenant plus de 1200 volumes, et c'est lui qu'on peut considérer comme le véritable fondateur de la Bibliothèque nationale. Il eut un bibliothécaire, Gilles Malet, qui rédigea le catalogue de ses collections et le transcrivit sous forme d'un rouleau, encore conservé au Département des manuscrits. On y voyait figurer des livres ayant appartenu à son père, qui ont formé le noyau de la librairie du Louvre. Ce goût des livres était héréditaire dans la famille. Jean, duc de Berry, le père du roi, était un véritable bibliophile. Sa bibliothèque est représentée dans nos collections par 54 volumes. Louis, duc d'Orléans, fils de Charles V, rassembla à prix d'argent une collection de livres qui passa dans les mains de son fils Charles d'Orléans, le plus charmant de nos vieux poètes. Elle devait être réunie au fonds royal par l'avènement de Louis XII.

Cependant la librairie fondée par Charles V ne lui survécut guère. Abandonnée par Charles VI, elle subit le contre-coup des désastres de la guerre de Cent ans. La collection entière, estimée à la somme de 3.323 livres 4 sols, fut vendue pour ce prix au duc de Bedfort et passa en Angleterre. Elle fut dispersée à sa mort en 1435.

Ni Charles VII, ni Louis XI ne manifestèrent beaucoup de goût pour les livres. Charles VIII fut moins indifférent. Il rapporta d'Italie des manuscrits de la Bibliothèque des rois d'Aragon, et le Département des imprimés compte parmi ses plus précieux volumes, enrichis de miniatures, ceux dont le libraire parisien, Antoine Vérard, fit hommage au roi.

Louis XII, en montant sur le trône, apportait à la

Bibliothèque royale la magnifique collection qu'il tenait de ses ancêtres les ducs d'Orléans et qu'il logea dans les châteaux de Blois et d'Amboise. Il y fit entrer, à la suite des conquêtes du Milanais, une partie des livres rassemblés à Pavie par les Visconti et les Sforza. L'histoire moderne de la Bibliothèque date de son règne.

Avec François Ier, les collections royales s'enrichissent de la bibliothèque de son aïeul Jean le Bon et de son père Charles d'Angoulême. Son goût marqué pour l'antiquité lui fit rechercher de préférence les manuscrits en langues anciennes qu'il acheta en Italie, en Grèce et en Orient. De Blois les collections royales furent transportées au château de Fontainebleau, où elles furent installées somptueusement et ouvertes aux savants. François Ier aimait les belles reliures. La Bibliothèque contient un assez grand nombre de volumes imprimés et manuscrits reliés à ses armes. A son règne remonte l'origine du dépôt légal qui assure à la Bibliothèque nationale la possession de tout ouvrage imprimé en France.

Henri II hérita du goût de son père pour les reliures. Celles qui ont été faites pour lui ou pour Diane de Poitiers sont les plus belles de nos collections. Elles attestent le degré de perfection auquel était parvenu l'art de la reliure à l'époque des Grolier et des Maïoli.

Vers l'année 1570, la Bibliothèque du roi vint de Fontainebleau à Paris. En 1595, Henri IV l'installa dans le collège de Clermont, rue Saint-Jacques, aujourd'hui le Lycée Louis-le-Grand. De là elle passa au Couvent des Cordeliers dans une grande salle située au-dessus du cloître, puis dans une maison de la rue de la Harpe. C'est Colbert qui en 1666 lui donna comme local deux maisons de la rue Vivienne lui appartenant et voisines de son hôtel.

La protection que Louis XIV accorda aux lettres, les marques d'intérêt qu'il donna à la Bibliothèque soit en venant la visiter, soit en intervenant directement dans les affaires qui en favorisaient le développement, attirèrent sur elle l'attention publique et provoquèrent des donations considérables. Mais ce fut surtout au grand ministre du roi, à Colbert, que la Bibliothèque dut ses admirables accroissements du xviie siècle. A sa mort, le nombre de ses imprimés et de ses manuscrits était doublé; elle s'était enrichie d'importantes collections de médailles et d'estampes, et sans être encore constituée en quatre départements, comme elle l'est aujourd'hui, elle avait déjà pris ce caractère d'universalité qui en fait un établissement sans rival dans le monde.

Deux hommes dont le nom est inséparable de l'histoire de nos collections à cette époque, Pierre et Jacques Dupuy, gardes de la Bibliothèque du roi, avaient collaboré à son catalogue avec un zèle et un dévouement au-dessus de tout éloge. Ils voulurent en mourant donner une dernière preuve de leur attachement à la Bibliothèque, en lui léguant toutes leurs collections, plus de 9.000 volumes imprimés et 200 manuscrits.

L'exemple que les frères Dupuy avaient donné fut suivi dans la famille même de Louis XIV. Gaston d'Orléans légua au roi en 1661 ses médailles, ses bronzes et ses pierres gravées. Ce legs fut le premier fonds et l'origine du Département des Médailles et Antiques.

En 1662, le comte de Béthune offre au roi 2.000 manuscrits « contenant tous les secrets de l'Etat et de la « politique depuis 400 tant d'années ». A la mort de G. Gaulmin, le roi achète 557 manuscrits orientaux et en 1661, 154 manuscrits de Raphaël Trichet Du Fresne. En 1667 la vente, au prix de 26.000 livres, de la collection de l'abbé Michel de Marolles fait entrer à la Bibliothèque 123.400 pièces, et vient y former le noyau d'un quatrième département, celui des Estampes qui, le dernier venu dans notre grand dépôt, ne tarda pas à égaler ses aînés par l'intérêt artistique et historique des documents qu'il renferme et par leur inestimable valeur.

Colbert ne se borna pas à rechercher en France tout ce qui pouvait contribuer au développement des collections royales. Il voulut que les intérêts de la Bibliothèque fussent également servis à l'étranger. Aidé dans cette noble tâche par son secrétaire Baluze pour la recherche de documents existant en France, il employa son bibliothécaire. Pierre de Carcavy à rédiger des instructions à nos agents d'Italie, de Grèce, d'Egypte, de Perse, en vue de l'enrichissement de nos dépôts. Des centaines de manuscrits grecs et orientaux et de nombreuses médailles vinrent par cette voie s'ajouter au fonds royal, « le nouveau Cabinet des Médailles en fut presque augmenté de moitié ». De tels résultats ne passèrent pas inaperçus et Colbert pouvait être fier de son œuvre, lorsqu'en 1681, le roi vint visiter la Bibliothèque et par cette démarche solennelle témoigner sa satisfaction à son ministre.

La mort de Colbert en 1683 n'arrêta pas l'impulsion qu'il avait donnée aux accroissements de la Bibliothèque. Comme son prédécesseur, Louvois encouragea le zèle des savants et des agents diplomatiques chargés de recueillir des livres et des manuscrits à l'étranger. Le célèbre Mabillon rapporta d'Italie plus de 4.000 volumes imprimés pendant que MM. d'Avaur et d'Alencé en Hollande, d'Obeil en Angleterre, de La Piquetière en Suisse achetaient de nombreux livres pour le compte du roi. En France, la Bibliothèque recueillait les papiers de Mézeray, 500 manuscrits grecs, latins et français rassemblés par Maurice Letellier, archevêque de Reims, 500 manuscrits de la collection Bigot et 125 volumes provenant de Nicolas Rigault. Mais le fait le plus important pour la Bibliothèque à la fin du règne de Louis XIV fut l'entrée de la fameuse collection de Gaignière composée de 2.910 volumes imprimés, 2.407 manuscrits et d'un nombre considérable de dessins, pièces topographiques, recueils de modes, médailles, etc. Cette collection, répartie entre les quatre départements et journellement consultée, fournit les plus utiles renseignements aux artistes, aux historiens, aux archéologues, qui fréquentent la Bibliothèque nationale.

A cette époque, exactement en 1692, innovation remarquable à rappeler, l'abbé de Louvois, devenu bibliothécaire du roi, prit une mesure dont l'importance n'échappa à personne. La Bibliothèque, qui jusqu'alors n'avait été accessible qu'à quelques privi-

Ballade des Hauts Bonnets

Portrait de Racine par son fils

Imprimés, 61.

légiés, fut ouverte au public deux jours par semaine.

Quelque heureux qu'ait été pour nos trésors le règne de Louis XIV, il fut encore dépassé par celui de Louis XV, qu'on a justement appelé « l'âge d'or de la Bibliothèque ». Sous l'habile direction de l'abbé Jean-Paul Bignon, elle s'accrut de près de vingt collections plus considérables les unes que les autres. En 1717, l'abbé de Louvois étant encore à la tête de la Bibliothèque, Charles d'Hozier fait présent au roi de sa fameuse collection généalogique, qui fut le premier fonds du Cabinet des titres. En 1719, les six cents manuscrits d'histoire de France réunis par Philippe de La Mare sont achetés sur les ordres du Régent. La même année, l'abbé Bignon obtient du roi l'autorisation d'acquérir la précieuse bibliothèque de Baluze. Quatorze cents volumes de copies de documents originaux du plus haut intérêt pour l'histoire du Moyen âge entraient ainsi au Département des Manuscrits. Les recueils de Morel de Thoisy renfermaient plus de 6.000 pièces imprimées ou manuscrites, dont la plupart étaient originales ou très rares, sur le droit et les matières ecclésiastiques. Le possesseur les offre généreusement au roi. La même année, Sébastien de Brossard, chanoine de Meaux, lègue au roi son importante collection musicale, qui commence à la Bibliothèque la série de la Musique, une des plus riches et des plus complètes qui existent. En 1730, deux cents manuscrits, restes de la célèbre abbaye de Saint-Martial de Limoges, sont achetés 5.000 livres. En 1731 on paye 12.000 livres 413 volumes de la bibliothèque de la famille de Mesme, notable appoint à la série des documents sur l'histoire de France. Les efforts de l'abbé Bignon sont profitables au Cabinet des Estampes, qui se voit à son tour enrichir de la collection Beringhen renfermant « tout ce que l'art de la « gravure avait produit de plus remarquable à cette « époque ». Plus de 80.000 pièces, épreuves de choix dues au burin des meilleurs artistes de notre pays s'ajoutent au fonds des Estampes. Enfin en février 1732, l'abbé Charles-Eléonor Colbert, plus tard comte de Seignelay, petit-neveu de Colbert, qui avait hérité de la bibliothèque de son grand-oncle, offre au roi tous ses manuscrits tant anciens que modernes, « en « suppliant Sa Majesté de régler elle-même la somme « qu'elle jugerait à propos de lui donner ». Louis XV la fixa à 300.000 livres. A ce prix, la Bibliothèque acquit 6.645 manuscrits anciens, parmi lesquels un millier de manuscrits grecs, environ 700 orientaux et plus de 1.200 volumes de copies de documents, de correspondance, de lettres, de mélanges, etc. Cette acquisition d'une valeur et d'un intérêt hors ligne fut un grand événement, non seulement pour la Bibliothèque, mais encore pour les lettres et l'histoire en France.

Les accroissements qui suivirent, sans avoir la même importance, méritent d'être signalés. Jusqu'alors le fonds oriental de la Bibliothèque ne contenait guère que des manuscrits arabes, turcs et persans. L'administration de l'abbé Bignon lui ouvrit l'Inde et la Chine. En 1723, la Compagnie des Indes fit un envoi de 1.800 volumes. De 1729 à 1837, le zèle des Missionnaires Jésuites et en particulier du Père Le Gac procura à la Bibliothèque des envois assez considérables du Bengale et de Pondichéry pour former dans les collections royales un recueil de livres de l'Inde « peut-être unique dans le monde ».

Les dernières années du règne de Louis XV furent marquées par l'entrée en 1733 des 50.000 volumes du médecin Falconet, par l'acquisition du Cabinet de Fontanieu contenant des centaines de pièces relatives à l'histoire de France et profitables à la fois aux Départements des imprimés, des manuscrits et des estampes. En 1763, M. de Charsigne, neveu de Huet, évêque d'Avranches, cède au roi la fameuse bibliothèque de son oncle, qui lui avait fait retour après le départ des Jésuites, lesquels en étaient devenus propriétaires. Moyennant une rente viagère de 1.750 livres, il se dessaisit en faveur du roi de la collection dont l'Impératrice de Russie lui avait offert 50.000 livres. Son désintéressement patriotique garda à la France 8.000 volumes imprimés des plus précieux sur l'histoire, les lettres et les sciences. Citons encore l'acquisition des manuscrits de Du Cange, le don par Louis Racine des papiers de son père, celui de la collection d'estampes de Lallemand de Betz, environ 15.000 pièces, la cession, (en réalité une donation), du Cabinet de Fevret de Fontette, c'est-à-dire de 12.000 documents sur les personnages, les mœurs et les costumes de la France, le don de 25.000 pièces sur l'histoire de la gravure en France réunies par Michel de Bégon, enfin le magnifique abandon fait par le comte de Caylus de ses collections archéologiques, attribuées partie au Département des médailles et partie au Département des estampes.

L'abbé Bignon prit sa retraite en 1741. La Bibliothèque dut à son administration trois mesures des plus heureuses. C'est à lui que revient l'idée de la division en Départements des collections qui jusqu'alors étaient restées groupées dans le fonds royal. Par son initiative, quatre Départements furent créés : 1° les Manuscrits; 2° les Imprimés; 3° les Titres et Généalogies; 4° les Planches gravées. Les Médailles étaient encore restées à Versailles; leur retour à Paris n'eut lieu qu'en 1741 pour y former un quatrième Département, celui des Titres et Généalogies étant devenu plus tard une simple annexe du Département des manuscrits.

Un des premiers actes de l'abbé Bignon, en prenant possession de ses fonctions, fut en mai 1724, avec l'appui du comte de Maurepas, l'affectation à la Bibliothèque du roi de l'Hôtel de Nevers, qui avait servi de local à la Banque de Law et que la ruine du financier laissait libre. L'Hôtel de Nevers était la partie du Palais Mazarin qui était échue au marquis de Mancini, mari de la nièce du Cardinal. L'autre partie comprenant l'ancien Hôtel Tubeuf et le bâtiment appelé Galerie Mazarine continua à être occupée par des services étrangers à la Bibliothèque. Le Trésor public y fut installé en 1769, il n'en partit qu'en 1825. Ces bâtiments sont restés à peu près dans le même état jusqu'en 1856, époque où furent entrepris les travaux de restauration et de reconstruction de la Bibliothèque. En 1880, l'acquisition de terrains rues Vivienne et Colbert permit d'isoler et d'agrandir l'établissement, en lui affectant en entier le rectangle bordé par les rues Richelieu, des Petits-Champs, Vivienne et Colbert.

L'administration de l'abbé Bignon était trop éclairée pour ne pas porter son attention sur le catalogue des collections dont il avait la garde. Le premier catalogue de la Bibliothèque vraiment digne de ce nom, daté de 1622, est de Nicolas Rigault. Il fut revisé et augmenté en 1645 par les frères Dupuy. Nicolas Clément reprit entièrement le travail de 1675 à 1684 et parvint à faire le catalogue de tous les livres imprimés, alors au nombre d'environ 40.000. C'est lui qui divisa les volumes en 23 séries, suivant la matière traitée dans l'ouvrage, en affectant une lettre à chaque série. Ce classement a servi de règle aux travaux ultérieurs, et encore aujourd'hui tous les livres du Département des imprimés sont répartis en catégories désignées par les lettres de l'alphabet. Vers 1735, l'abbé Bignon, après une refonte du catalogue de Clément, en entreprit l'impression. De 1739 à 1753, parurent six volumes consacrés à la théologie, aux belles-lettres et à la jurisprudence. Pendant la même période, quatre volumes contenant le catalogue des manuscrits orientaux, grecs et latins furent publiés. Arrêtée à cette époque, l'impression des catalogues ne devait être reprise qu'un siècle plus tard sous l'administration de M. Taschereau. De 1855 à 1874 ce dernier fit paraître douze volumes de catalogue de l'Histoire de France et des sciences médicales. C'est seulement en 1897 que fut commencée l'impression du *Catalogue général par noms d'auteurs;* le 80e volume avec la lettre K verra le jour en 1924.

Malgré ses embarras financiers, le Gouvernement de Louis XVI ne laissa passer aucune occasion d'augmenter les collections de la Bibliothèque. En 1776 le possesseur d'un cabinet de 3.000 pièces, médailles ou monnaies, qui était réputé pour le plus riche qui eût jamais existé, Pellerin, le vendit au roi pour 300.000 livres. Quelques années plus tard, en 1783, la vente de la fameuse bibliothèque de La Vallière permit d'acheter des imprimés, des manuscrits et des estampes des plus rares et des plus précieuses. De 1785 à 1789, à la veille même de la Révolution, la Bibliothèque paie 24.000 livres la collection des œuvres de Rembrandt; 60.000 livres les manuscrits et portefeuilles de M. Abeille; 10.851 livres les médailles de M. Dennery. Jusqu'à sa fin, l'ancien régime resta fidèle à sa tradition, en veillant à l'accroissement de la Bibliothèque du roi.

Avec la Révolution commence pour nos collections une nouvelle période de prospérité. La suppression des établissements religieux et la confiscation des biens des émigrés font affluer dans le domaine national un nombre considérable de trésors du plus haut prix. Pour les recevoir, on ouvrit à Paris et dans les départements des dépôts littéraires, dans lesquels deux gardes du Département des imprimés, Van Praet et Capperonnier, furent appelés à faire un choix pour les collections nationales. C'est ainsi que la Bibliothèque put recueillir les manuscrits des Abbayes de Saint-Germain-des-Prés, de Saint-Victor, de la Sorbonne, le médaillier de l'Abbaye de Sainte-Geneviève avec ses 22.000 médailles et une foule d'objets d'art et de curiosité conservés au Muséum, au Garde-meuble, etc.

Sous le Consulat et l'Empire, l'affluence des volumes venant de France et de l'étranger ne diminua pas. Napoléon Ier s'occupait avec le plus vif intérêt non seulement des collections de la Bibliothèque, mais encore de sa réorganisation. En 1805, il fit inscrire à son budget un crédit de 130.000 francs, premier à-compte d'une somme de 1.000.000, pour acheter « de « bons ouvrages publiés en France depuis 1785 ». Il voulait prélever dans les bibliothèques françaises tout ce qui manquait à la Bibliothèque. Ainsi on aurait été certain, disait-il, que lorsqu'un livre ne se trouve pas à la Bibliothèque, il n'existe pas en France. C'était en réalité l'idée du Catalogue général de tous les livres possédés par les bibliothèques françaises, à laquelle on revient de nos jours.

La Restauration et le Gouvernement de Louis-Philippe furent eux aussi marqués par des acquisitions et des dons importants. En 1817, Louis XVIII donna 20.000 francs sur sa cassette pour permettre à la Bibliothèque de faire figure à la vente Mac Carthy. Le duc Decazes lui accorda des crédits supplémentaires à l'aide desquels le Département des médailles put acheter les collections des Antiquités égyptiennes rapportées par M. Cailliaud, les séries grecques de Cousinéry, le Cabinet Allier de Hauteroche, tandis que le Département des manuscrits s'enrichissait des livres et manuscrits orientaux de Langlès.

En 1848, M. Jean Rousseau cède d'importantes séries de médailles françaises, et en 1851 le Docteur

Jecker fait donation à la Bibliothèque de sa collection d'estampes.

L'administration de M. Taschereau, de 1852 à 1874, se signale par les réformes les plus sages et les plus libérales, qui furent l'œuvre de la Commission de 1858, constituée sur ses suggestions et présidée par Mérimée. C'est elle qui décida la suppression de la fermeture pendant les vacances, la prolongation des séances, la création de deux salles au Département des imprimés, une salle de travail, inaugurée en 1868, et une salle publique de lecture. En même temps la condition des fonctionnaires était améliorée et les travaux de classement, d'inventaire et de catalogue recevaient une vigoureuse impulsion. C'est sous l'administration de M. Taschereau que furent publiés le *Catalogue de l'Histoire de France* et le *Catalogue des sciences médicales*. En 1863, le Département des imprimés reçut plus de 100.000 volumes sur la Révolution française réunis par Labédoyère. Au Département des estampes, la donation de M. Hennin et l'acquisition de la collection Devéria, au Département des médailles, la donation de la riche collection du Duc de Luynes puis celle du vicomte de Janzé méritent une mention spéciale. En même temps d'importantes et judicieuses acquisitions faites aux ventes Solar, Ymeniz et Pichon enrichissaient la Réserve du Département des imprimés d'unités rares et précieuses. Pour faire face à ces acquisitions de choix, les crédits de la Bibliothèque furent augmentés d'un supplément de 301.000 francs. On peut dire qu'encore aujourd'hui la Bibliothèque suit la direction qui lui

Char de la Ville

Imprimes, 72.

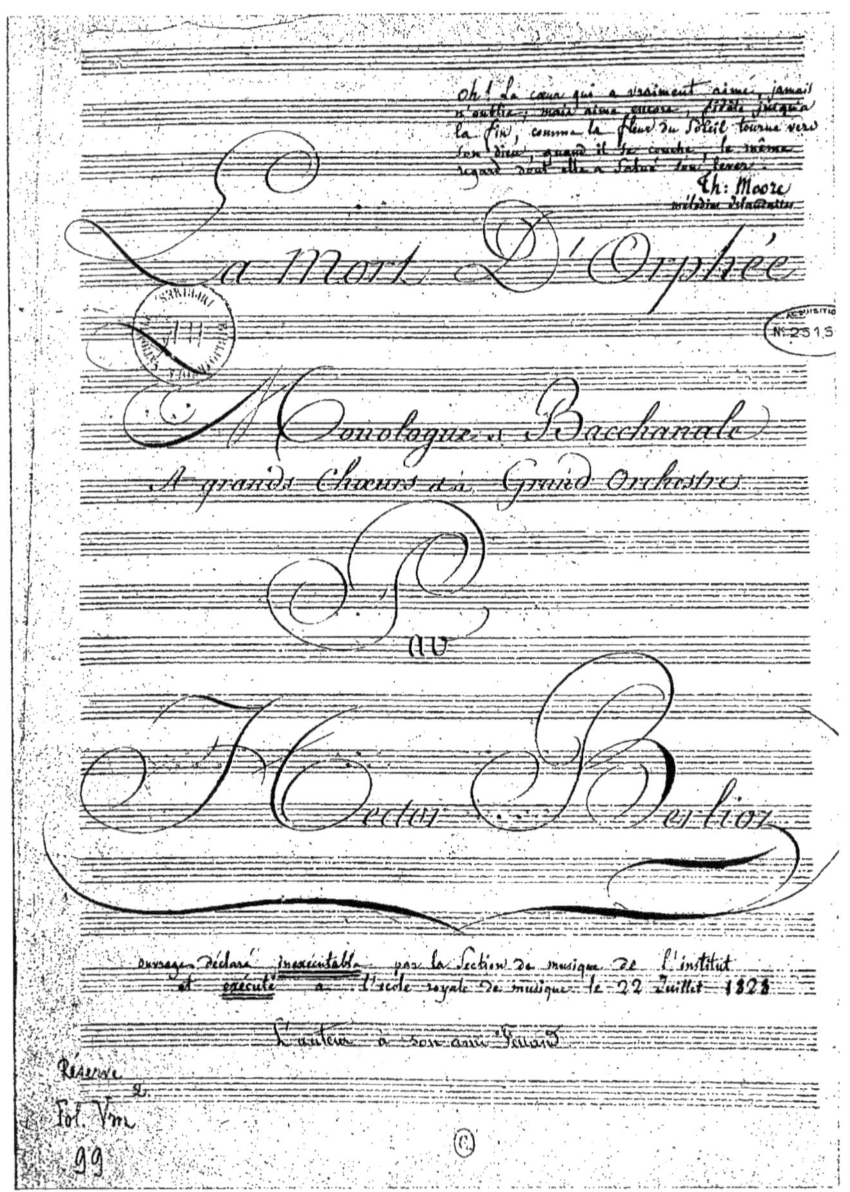

HECTOR BERLIOZ. — La Mort d'Orphée

a été donnée il y a plus de 60 ans par l'administrateur dont elle garde le reconnaissant souvenir.

A M. Taschereau succéda en 1874 M. Léopold Delisle, conservateur du Département des Manuscrits, dont le nom tenait déjà une première place dans le monde de l'érudition. Pendant les trente et une années de 1874 à 1905 qu'il administra la Bibliothèque, les dons et les acquisitions se succédèrent presque sans interruption dans les quatre départements. On peut signaler parmi les principaux accroissements du Département des Imprimés : en 1885, le don par M. Bengesco de sa collection sur Voltaire; en 1887, le legs de M. Angrand de ses livres et documents relatifs à l'ancienne Amérique; en 1891, le don par Mme Calmann Lévy de la bibliothèque d'Ernest Renan ; en 1896, le don de Mlle Dodu de la collection napoléonienne du baron H. Larrey; en 1897, la donation par M. Audéoud d'une magnifique collection de livres modernes, richement reliés; en 1899, le legs par M. Ristelhueber de son importante bibliothèque alsacienne; en 1902, le don fait par l'Académie des sciences de la collection d'ouvrages basques de M. Ant. d'Abbadie. Le Département des manuscrits a enregistré : en 1878, l'acquisition des manuscrits visigothiques de l'Abbaye de Silos; de 1878 à 1884, l'achat de manuscrits précieux de la collection de A. Firmin-Didot; en 1866 et 1899, le don des manuscrits sanscrits et des papiers d'Eugène Burnouf; en 1888 et 1901, l'acquisition des manuscrits Libri-Barrois de la collection Ashburnham; en 1889, le legs des manuscrits de Victor Hugo; en 1895, le don par

Mme Renan des manuscrits et de la correspondance d'Ernest Renan; en 1897, le don des manuscrits de Lamartine; en 1900, le don par Mlle Dosne des papiers de M. Thiers.

Pendant la même période, le Département des Médailles s'enrichit : en 1874, du legs des antiquités grecques et romaines du Commandant Oppermann; en 1877, des monnaies du baron d'Ailly; en 1880, du legs des médailles et camées du vicomte de Saint-Albin; en 1888, du legs des médailles de la Renaissance d'Alfred Armand; en 1890, de l'achat de la collection des monnaies mérovingiennes formée par Ponton d'Amécourt; en 1897, de l'acquisition des monnaies grecques de Waddington; en 1899, du don de pierres gravées antiques dû à M. Pauvert de La Chapelle; en 1902, du don de monnaies et médailles d'Alsace fait par M. Carlos de Beistegui.

Au Département des Estampes, nous citerons en 1881, le legs de M. Gatteaux; en 1885, le legs de la collection Edouard Fleury sur l'Aisne; en 1890 et 1893, l'achat de la collection Destailleur; en 1898, le don de 3.000 pièces de M. P. Renouard; en 1899, l'acquisition de 1.850 volumes japonais réunis par M. Th. Duret; en 1901, celle de 1.700 épreuves modernes contemporaines rassemblées par M. Ardail.

Indépendamment de ces accroissements considérables, c'est encore à l'administration de M. Léopold Delisle que la Bibliothèque doit l'isolement et l'agrandissement de ses bâtiments, la prolongation des séances des salles de travail et de lecture; l'ouverture de l'atelier de photographie; le rattachement à la

Bibliothèque nationale des Bibliothèques des Palais de Compiègne et de Fontainebleau. Il y a lieu de rappeler que dès son entrée en fonctions, le savant administrateur conçut le projet de faire inventorier et numéroter, non seulement les livres au fur et à mesure de leur entrée à la Bibliothèque, mais encore tous ceux qui depuis la Révolution et l'Empire, étaient conservés au Département des imprimés sans numéro et sans mention dans un catalogue. A M. Delisle appartient aussi l'idée de la publication des *Bulletins mensuels français et étrangers.* C'est lui enfin qui sut préparer la confection du Catalogue général, dont l'impression, commencée en 1897, atteignait le tome 21 au moment de son départ. Si l'on ajoute à ces impressions celles qui ont été exécutées, comme catalogues spéciaux au Département des imprimés et les publications faites dans les autres départements, on arrive à un total de près de 150 volumes de catalogues, dont la Bibliothèque est redevable à l'administration de M. Léopold Delisle.

Les dix-neuf dernières années ont été celles de l'administration de M. Henry Marcel (1905 à 1913) et de M. Homolle (1913 à 1924). Elles ont été marquées par des donations considérables, parmi lesquelles au premier rang, il faut citer celle que M. le baron C. de Vinck a faite en 1906 au Département des estampes de sa collection de 500.000 pièces françaises et étrangères en noir et en couleur, de dessins originaux, de portraits et scènes historiques du plus grand intérêt pour l'histoire de France, de 1770 jusqu'à 1871. Elle est d'autant plus précieuse pour la Bibliothèque, qu'elle y forme la suite de la collection Hennin consacrée, elle aussi, à l'histoire de France. En 1908, c'est l'acquisition de manuscrits importants pour l'histoire de France à l'une des ventes de la célèbre collection Phillipps de Cheltenham. En 1909, M. Pelliot, membre de l'Institut, a donné au Département des manuscrits 5 à 6.000 livres et manuscrits chinois qu'il avait rapportés de sa mission en Extrême-Orient, et qui font de notre collection chinoise la plus importante qui existe en Europe. Au début de l'administration de M. Homolle, Mlle Smith et Mme Champion-Smith, obéissant au désir de leur mère et de leur oncle M. Lesouëf, se sont dessaisis de la magnifique bibliothèque de ce grand amateur parisien. 20.000 volumes imprimés, parmi lesquels beaucoup de livres rares et précieux, près de 200 manuscrits intéressants, des centaines de médailles, des milliers d'estampes ont constitué la Fondation Smith-Lesouëf. Les donatrices ont encore ajouté à leur libéralité la construction et l'installation d'un bâtiment spécial à Nogent-sur-Marne pour y loger les collections données à la Bibliothèque, et l'affectation d'une somme de 250.000 francs à la conservation et à l'entretien de cette importante annexe de la Bibliothèque nationale. De 1916 à 1921, le Département des manuscrits a reçu la collection de manuscrits orientaux de M. Martin, les papiers politiques et autographes de M. Joseph Reinach, la correspondance de M. Gaston Paris, les papiers historiques de M. Germain Bapst. Enfin en 1922, le Département des imprimés a été autorisé par le testament de Mme la baronne Salomon de

Rothschild à faire choix des volumes qui pourraient lui convenir dans sa luxueuse bibliothèque.

On frémit en songeant que tant et d'aussi belles choses accumulées depuis des siècles auraient pu être anéanties dans le bombardement de Paris. Malgré le départ de plusieurs centaines de caisses contenant un choix de nos trésors qui partirent dans le Midi, sous la garde de M. Pol Neveux, inspecteur général des Bibliothèques et qui, grâce à ses bons soins et à sa vigilance, en sont revenues parfaitement intactes, le gros de nos collections était resté rue Richelieu. Rien en apparence ne fut changé dans nos services pendant la guerre. Depuis le premier jour de la mobilisation jusqu'à celui de la victoire, nos salles sont restées ouvertes, nos services ont fonctionné sans une interruption, même d'une heure. Si l'ennemi a jamais cru à l'efficacité de ses procédés d'intimidation sur le moral du Français, il a pu être détrompé en s'informant de ce qui se passait à la Bibliothèque, de 1914 à 1918.

Les collections de la Bibliothèque nationale sont réparties entre quatre Départements : 1° Imprimés, cartes et collections géographiques ; 2° Manuscrits ; 3° Médailles, pierres gravées et antiques; 4° Estampes. Chacun de ces départements a sa salle de travail ouverte : aux Imprimés tous les jours de 9 à 4, 5 et 6 heures; aux Manuscrits, aux Médailles et aux Estampes, de 9 à 4 et 5 heures. Il y a en outre au

Département des imprimés une salle publique de lecture ouverte même le dimanche. La visite des salles et galeries d'exposition a lieu le jeudi et le samedi, de 10 heures à 4 heures. Un projet d'éclairage de la salle de travail du Département des imprimés soumis actuellement au Parlement permet d'espérer que dès l'hiver prochain, les séances pourront être prolongées jusqu'à 6 heures en toutes saisons.

Le nombre des collections sur lequel l'administration est souvent interrogée, peut être évalué comme il suit :

Imprimés, cartes et collections géographiques : 4.000.000 de volumes et pièces, dont 200.000 cartes géographiques;

Manuscrits : 130.000;

Médailles : 234.300 médailles, 5.050 camées et intailles; 6.500 bronzes, terres cuites et objets antiques;

Estampes : 3.000.000.

A ces chiffres correspond un nombre de lecteurs et de communications, qui s'est élevé en 1923 pour les lecteurs à 188.459 et pour les communications à 515.530.

Les volumes du Département des imprimés s'étendent sur une longueur de 85 kilomètres de rayons. Cette simple constatation suffit à expliquer la lenteur des communications dont les lecteurs se plaignent souvent avec raison et qui a aussi pour cause l'état rudimentaire de nos moyens de transport des livres et l'absence de communications téléphoniques, d'envois automatiques des bulletins de demande des lecteurs dans les services, etc. Le rajeunissement de notre machinerie est une des premières réformes à réaliser, parce que les demandes des lecteurs en ressentiraient immédiatement l'heureux effet.

Avec l'éclairage de la salle de travail et l'amélioration du matériel, l'administration se préoccupe de hâter la confection du Catalogue général (auteurs, anonymes et matières). Nul doute que dans des temps moins difficiles les Chambres ne votent une augmentation du faible crédit de 50.000 francs affecté actuellement à l'impression du Catalogue, crédit qui est absorbé et au delà par les frais d'impression de deux volumes. Pour l'exécution de ses projets, l'administration sait qu'elle peut compter sur des concours généreux et éclairés qu'elle a déjà reçus de riches amateurs. L'adoption du projet de réorganisation, en ce moment proposé au Parlement, en donnant à la Réunion des Bibliothèques nationales la personnalité civile et l'autonomie financière, aidera puissamment aux réformes que l'administration a en vue. En facilitant les libéralités des particuliers, en rendant possible l'utilisation des recettes provenant d'expositions, de droits sur les reproductions photographiques, de la vente des catalogues, des cartes postales, etc., la personnalité civile et l'autonomie financière procureront à la Bibliothèque des ressources, grâce auxquelles elle pourra mettre en valeur ses merveilleuses collections, au grand avantage des amis des lettres, des sciences et des arts.

T. MORTREUIL.

Mai 1924.

Louis XI et les premiers chevaliers de l'Ordre de Saint-Michel

Manuscrits, 132.

Anne de Bretagne

Manuscrits, 134.

IMPRIMÉS

1. [*Ballade des haults bonnets.*] — Impression xylographique en français.

   [Xyl. 34.]

   Seul exemplaire connu.   [PL. I.]

2. GASPARIN DE BERGAME. — *Epistolarum liber.* — Paris, Ulrich Gering, Martin Crantz et Michel Friburger (1470). In-4°.

   [Rés. Z. 1.985.]

   Premier livre imprimé à Paris et premier livre imprimé en France. L'atelier typographique était installé à la Sorbonne.

3. LOTHARIUS (INNOCENT III). — *Compendium breve.* — Lyon, Guillaume Le Roy aux dépens de B. Buyer, 1473. In-4°.

   [Rés. C. 5.999.]

   Premier livre imprimé à Lyon.

4. STOA (J.-F. QUINTIANUS). — *De Parrhiseorum urbis laudibus.* — Paris, 1514. In-4° sur vélin.

   [Vélins. 2.125.]

   Reliure aux armes de Louis XII et d'Anne de Bretagne, avec les emblèmes du porc-épic et de l'hermine.

5. *Miroir salutaire. La Danse macabre historiée. Les trois morts et les trois vifs. La Danse macabre des femmes. Le Débat du corps et de l'âme. La complainte de l'âme damnée.* — Paris, impr. par Guyot Marchant, 1486. In-folio.

   [Rés. Ye. 184.]

6. VILLON (François). — *Le grant testament Villon et le petit, son codicille, le jargon et ses balades.* — Paris, P. Levet (1489).
                                                  [Rés. Ye. 245.]
Très rare.

7. JOSÈPHE (Flavius). — *De la bataille judaïque,* trad. en français. — Paris, A. Vérard, 1492. In-folio.
                                                  [Vélins. 696.]
Exemplaire sur vélin offert à Charles VIII.

8. *Les Chroniques de France.* — Paris, impr. par Jehan Maurand pour Antoine Vérard, 1493. T. I. In-folio.
                                                  [Vélins. 725.]
Exemplaire sur vélin offert à Charles VIII.

9. *Omnia opera Angeli Politiani et alia quædam lectu digna.* — Venise, Alde, 1498.
                                                  [Rés. Z. 296.]
Reliure aux armes de François Ier.

10. *Lancelot du Lac.* — Paris, Ant. Vérard, 1494. In-folio.
                                                  [Vélins. 614.]
Exemplaire sur vélin offert à Charles VIII.

11. *Histoires de Paolo Jovio... traduictes du latin en françois... par Denis Sauvage,* T. I. — Lyon, G. Roville, 1558.
                                                  [Rés. K. 16.]
Reliure peinte, à médaillons, aux armes de Hémard de Noville.

12. PLUTARQUE. — *Virorum illustrium vita.* — Venise, N. Jenson, 1478. In-folio.
                                                  [Vélins. 700.]
Admirable impression exécutée par un français établi en Italie.

13. CLÉMENT D'ALEXANDRIE. — Κλήμεντος ἀλεξανδρέως τα εὑρισκόμενα ἅ παντα. — Florence, Laurentius Torrentinus, 1550.
                                                  [Rés. C. 59.]
Reliure aux armes d'Henri II.

14. *Heures à l'usage de Rome.* — Paris, G. Hardouin, 1560.
In 8°. (Editions différentes.)
[Vélins. 1.572 et 1.573.]
Deux exemplaires sur vélin; l'un est enluminé.

15. TORY (Geoffroy). — *Champfleury auquel est contenu
l'art et science de la vraie proportion des lettres
attiques.* — Paris, G. Tory et G. Courmont, 1529.
In-folio.   [Rés. V. 516.]
Les figures sont attribuées à G. Tory lui-même.

16. *Ordre qui a été tenu à la nouvelle et joyeuse entrée du
roi Henri II à Paris le 16 juin 1549.* — Paris, Jacques
Roffet, 1549. In-4°.   [Rés. Lb³¹. 20.]
Figures sur bois attribuées à Jean Cousin.

17. SAINT GRÉGOIRE DE NAZIANZE (GREGORII NAZIANZENI). —
Orationes novem. — Venise, Alde, 1536. In-8°.
1536. In-8°.   [Rés. C. 2.626.]
Reliure aux armes de François Ier.

18. MAROT (Clément). — *L'Adolescence Clémentine.* —
Paris, P. Roffet, 1532.   [Rés. Ye. 1.532.]
Edition considérée jusqu'ici comme l'édition originale.
— Très rare.

19. MAROT (Clément). — *La suite de l'Adolescence Clémentine.* — Paris, P. Roffet, 1533.   [Rés. Ye. 1.534.]
Edition originale.

20. *Chansons de Maistre Clément Janequin.* — Paris, P.
Attaingnant (s. d.).   [Rés. Vm^r. 181.]

21. *Porphyrii philosophi homericarum quœstionum liber
opusculum.* — Rome, *in Gymnasio mediceo*, 1518.
[Rés. Yb. 172.]
Reliure maroquin olive aux armes de Henri II. Tran-
ches dorées et ciselées.

22. RABELAIS. — *Les grandes et inestimables chroniques.* — Lyon, 1532. [Rés. Y². 2.124.]
Exemplaire unique.

23. *Le grant roy de Gargantua. Les grandes cronicques...* — Lyon (s. d.). [Rés. Y². 2.127.]
Exemplaire unique.

24. ARETINO (Pietro). — *La Genèse de M. Pierre Aretin.* — Lyon, chez Seb. Gryphe, 1542. In-8°. [Rés. A. 6.710.]
Reliure lyonnaise à entrelacs, polychromes.

25. *In Proverbia Salomonis tres libri commentariorum... authore Rodolpho Bayno.* — Paris, M. Vascosan, 1555. [Rés. A. 1.066.]
Reliure aux armes d'Henri II.

26. SERVET (Michel). — *Christianismi restitutio.* — (S. l.), 1553. In-8°. [Rés. D². 11.274.]
Seul exemplaire ayant échappé au bûcher. Le feu y a laissé quelques traces.

27. LAVARDIN (Jean DE). — *Recueil de la vie et conversation de la vierge Marie.* — Paris, G. Chaudière, 1585. [Rés. H. 1.747.]
Reliure Henri III. Sur les plats calvaire, au dos tête de mort, armes de France et la devise *Spes mea Deus*.

28. *Bible en latin.* — Lyon, S. Gryphe, 1556. [Rés. A. 5.677.]
Reliure Henri III avec attributs funéraires, larmes, têtes de morts et tibias croisés.

29. DES PORTES (Philippe). — *Les premières œuvres de Philippes Des Portes au roy de France et de Pologne.* — Paris, F. Le Mangnier, 1587. In-8°. [Rés. Ye. 2.063 *bis.*]
Reliure maroquin brun orné de filets, rameaux et fleurons argentés.

30. *Breviarium juxta ritum regalis cenobii Christi mar-
    tyris Ariopagite Dionysii...* — Paris, J. Amazeur,
    1550.

[Rés. B. 5.209.]

Reliure à feuillage portant l'ex libris de F. Petrus
Clerin.

31. GRANUCCI DI LUCCA (Nicolao). — *La Piacevol notte, et
    licto giorno, opera morale.* — Venise, J. Vidali, 1574.

[Rés. Y². 2.318.]

Reliure aux armes de Henri III roi de France et de
Pologne.

32. MONTAIGNE (M. DE). — *Essais de Messire Michel sei-
    gneur de Montaigne.* — Bordeaux, par S. Millanges,
    1580.

[Z. Payen. 1.]

Edition originale.

33. *Pseaultier (Le) de David,* contenant cent cinquante
    pseaumes. — Paris, Jamet Mettayer, 1586. In-4°.

[Bibl. Mazarine. Rés. 18.890.]

Reliure maroquin tête de nègre portant sur les plats
frappés à froid des emblèmes funéraires. Reliure exécutée pour Henri III.

34. *Heures à l'usage de Paris.* — Paris, pour Nicole Vostre
    (s. d.). — Exemplaire sur vélin, enluminé.

[Vélins. 1.648.]

Reliure à feuillages et rinceaux genre reliure à la
fanfare.

35. MARTIAL. — *M. Val. Martialis Epigrammaton libri XIIII.*
    — Lyon, Seb. Gryphe, 1546. In-8°.

[Rés. p. Yc. 858.]

Reliure mosaïque à entrelacs blancs et noirs.

36. *Horæ in laudem beatissime virginis Mariæ ad usum
    romanum.* — Paris, G. Tory, 1527. In-8°.

[Vélins. 2.856.]

Reliure maroquin rouge ornée de dessins linéaires.

37. PHILOSTRATE. — *De vita Appollonii Thyanei libri octo.*
— Venise, Alde, 1502. In-folio.   [Rés. J. 877.]

Reliure ayant appartenu à Grolier, ornée d'une empreinte de médaille.

38. PAUL-EMILE. — *L'Histoire des faicts, gestes et conquestes des roys, princes, seigneurs et peuple de France, composée en latin, par noble et sçavant personnage Paul-Œmile... et depuis mise en françois par Jean Regnart.* — Paris, Federic Morel, 1581.
[Rés. L³⁵. 34.]

Superbe reliure, genre fanfare.

39. PIO DE BOLOGNE. — *Annotamenta.* — Bologne, 1505. In-folio.   [Rés. Z. 546.]
Reliure exécutée pour Grolier.

40. *Itineriarum Portugallensium e Lusitania in Indiam et inde in occidentem et demum ad aquilonem.* — Paris, 1508.   [Vélins. 768.]
Reliure mosaïque aux armes de Henri II.

41. THOU (Jacques-Auguste DE). — *Jac. Auguste Thuani historiarum sui temporis, pars prima.* — Paris, R. Estienne, 1604. In-folio.   [Rés. La²⁰. 7.]

Reliure maroquin rouge à filets. Aux armes de Henri IV.

42. PLUVINEL (Antoine DE). — *L'Instruction du roy en l'exercice de monter à cheval.* — Paris, M. Nivelle, 1625. In-folio.   [Rés. S. 152.]
Les planches sont de Crispin de Pas.

43. *Officium beatæ Mariæ Virginis.* — Anvers, Plantin (J. Moret), 1609.   [Rés. B. 2.723.]
Reliure au petit fer, genre Le Gascon.

44. CORNEILLE (P.). — *Le Cid.* — Paris, A. Courbé, 1637.
[Rés. Yf. 668.]
Edition originale.

45. CORNEILLE (P.). — *Cinna ou la clémence d'Auguste, tragédie.* — Paris, Toussainct-Quinet, 1643. In-4°.
[Rés. Yf. 621.]
Edition originale.

46. CHARPENTIER (Marc-Antoine). — *Le Malade imaginaire.*
[Vm¹. 1.138.]
Manuscrit autographe.

47. ANGLEBERT (Jean-Henry D'). — *Pièces de clavecin.* Livre premier. — Paris (1689). In-4° oblong.
Ouvrage prêté par le Conservatoire de musique.
Frontispice de P. Mignard, gravé par C. Vermeulen.

48. *Châteaux et maisons royales de France.* — Gr. in-folio oblong.
[Rés. fol. L²¹. 1.]
Recueil de 43 pièces. Planches gravées par Van der Meulen, Israël Silvestre, etc.

49. MARINO (Giambaltista). — *L'Adone, poema del cavalier Marino, alla maesta christianissima di Lodovico il decimoterzo...* — In Parigi, O. di Varano, 1623. In-fol.
[Rés. Yd. 52.]
Exemplaire de Louis XIII. Relié maroquin rouge aux armes du roi sur fond semé de fleurs de lis.

50. COSSÉ-BRISSAC (Charles DE). — *[Conclusiones ex universa philosophia].* — Paris, A. Vitré, 1647. In-folio.
[Bibl. Mazarine. Rés. vit. U. 3.545, A.]
Portrait du cardinal Mazarin gravé par Gilles Rousselet, d'après Ph. de Champaigne, tiré sur satin.

51. ALLATII (Leo). — *Leonis Allatii de libris ecclesiasticis graecorum dissertationes duae...* — Parisiis, S. Cramoisy, 1645.
[Rés. D. 6.144.]
Reliure maroquin rouge aux armes du cardinal Mazarin.

52.   LA SERRE (Puget DE). — *Le Portrait de la reyne.* — Paris, chez Pierre Targa, 1649.

[Bibl. Mazarine. Rés. D. 5.948.]

Exemplaire de dédicace sur vélin. Titre en or. L'épitre est calligraphiée en lettres d'or par Nicolas Jarry. Les gravures sont miniaturées. — Reliure en velours noir, armes d'Anne d'Autriche brodées.

53.   SCUDÉRY (Mlle DE). — *Clélie, histoire romaine, dédiée à Mlle de Longueville par Mlle de Scudéry.* 1re *partie.* — Paris, A. Courbe, 1654-1660.

[Rés. Y². 1.512.]

Carte du Tendre.

54.   ABRA DE RACONIS (Ch.-Fr. D'). — *Response à l'épistre des quatre ministres de Charenton.* — Paris, J. Cottereau, 1617. In-8°.

[Rés. D. 22.076.]

Exemplaire de dédicace au roi. Reliure maroquin rouge aux armes de Louis XIII.

55.   PASCAL (B.). — *Pensées sur la religion.* — Paris, G. Desprez, 1669. In-8°.

[Rés. D. 21.374.]

Seul exemplaire connu portant la date de 1669. L'édition de 1670 a subi quelques modifications sur la demande de l'archevêque de Paris.

56.   MOLIÈRE. — *L'Avare, comédie, par J.-B. P. Molière.* — Paris, Jean Ribou, 1669. In-8°.

[Rés. Yf. 4.150.]

Edition originale.

57.   MOLIÈRE. — *Les Femmes scavantes, comédie, par J.-B. P. Molière.* — Paris, Pierre Promé, 1673. In-8°.

[Rés. Yf. 4.169.]

Edition originale.

La fabrication de la robe sans couture de Jésus-Christ

Manuscrits, 138.

Charles VIII

Charles VII
Louis XI
Charles VII

Louis XII

Médailles, 169, 172, 173, 174.

58. La Fontaine (J. de). — *Nouvelles en vers tirées de Boccace et de l'Arioste par M. de L. F.* — Paris, C. Barbin, 1665. In-16. [Rés. Ye. 2.222.]
Première édition des contes.

59. La Fontaine (J. de). — *Fables choisies mises en vers par M. de La Fontaine.* — Paris, C. Barbin, 1668. In-4°.
[Rés. Ye. 881.]
Edition originale, illustrée par François Chauveau.

60. [Liturgie anglaise]. *An order for morning prayer...* — London, R. Barker, 1636. [Rés. B. 282.]
Reliure maroquin rouge aux armes de Colbert.

61. *Portrait de Racine dessiné par son fils aîné J.-B. Racine sur la couverture d'un exemplaire d'Horace.* (Edit. de Henri Estienne, 1575). [Pl. ii.]
[Rés. Yc. 558.]

62. Racine. — *Les Plaideurs, comédie.* — Paris, Claude Barbin, 1669. In-8°. [Rés. Yf. 3.207.]
Edition originale.

63. Hayet. — *Description du vaisseau « le Royal-Louis. »* — Marseille, C. Brebion, 1677.
[Rés. p. V. 370.]
Le dessin peut être attribué au peintre Lebrun.

64. Bossuet (J.-B.). — *Oraison funèbre de très haut et très puissant prince Louis de Bourbon, prince de Condé.* — Paris, Cramoisy, 1687. In-4°.
[Rés. Ln^{27}. 4.698, 2 exempl.]
Un des exemplaires est relié aux armes de Bossuet.

65. La Bruyère. — *Les caractères de Théophraste, traduits du grec avec les caractères ou mœurs de ce siècle.* — Paris, E. Michallet, 1688. [Rés. R. 2.056.]
Edition originale des caractères de La Bruyère.

66. RACINE (Jean). — *Esther, tragédie tirée de l'Escriture sainte.* — Paris, Denys Thierry, 1689. In-4°.

[Rés. Yf. 624.]

Edition originale.

67. LOYAC (Jean DE). — *Le Triomphe de la Charité et la vie du bienheureux Jean de Dieu... composé par Messire Jean de Loyac.* — Paris, A. Chrestien, 1661. In-4°.

[Rés. H. 679.]

Reliure maroquin rouge, dentelle et armes du grand Dauphin.

68. *Le héros de la ligne ou la procession monacale conduite par Louis XIV pour la conversion des protestans de son royaume.* — Paris, Pere Peters, 1691. In-8°.

[Rés. Ld^{176}. 592.]

Curieux album de caricatures du roi et de son entourage.

69. LA CHAMBRE (DE). — *L'art de connaître les hommes.* 1re partie. — Paris, P. Rocolet, 1659. In-4°.

[Rés. R. 1.130.]

Reliure maroquin rouge et bleu, genre Le Gascon. Aux armes de Louis XIV.

70. SÉVIGNÉ (Marquise DE). — *Lettres choisies de Madame la Marquise de Sévigné à Madame de Grignan sa fille.* — (S. l.), 1725. In-8°.

[Rés. p. Z. 475.]

L'un des trois exemplaires connus de la première édition des célèbres lettres.

71. MOLIÈRE. — *Œuvres de Molière.* — Nouvelle édition. — Paris, 1739. In-4°.

[Rés. Yf. 161.]

Illustrations de Boucher.

72. *Fête publique donnée par la Ville de Paris à l'occasion du mariage de Monseigneur le Dauphin.* — Paris, 1717. In-folio.   [PL. III.]

[Rés. Lb³⁶. 559.]

Illustrations de Slodtz.

73. LA FONTAINE (J. DE). — *Fables choisies mises en vers.* — Paris, Dessaint et Saillant, 1755.

[Rés. Ye. 97.]

Illustrations par Oudry.

74. DUMORTOUS. — *Histoire des conquêtes de Louis XV.* — Paris, De Lorme, 1759. In-folio.

[Rés. Lh⁴. 63.]

Exemplaire sur grand papier.

75. BÉRARD. — *L'art du chant, dédié à Madame de Pompadour.* — Paris, Dessaint et Saillant, 1755.

[Rés. V. 2.521.]

Exemplaire sur grand papier, relié aux armes de Madame de Pompadour.

76. LA FONTAINE (J. DE). — *Contes et nouvelles en vers.* — Amsterdam (Paris, Barbou), 1762. 2 vol. in-8°.

Edition dite des *Fermiers généraux.* L'exemplaire exposé vient du legs Salomon de Rothschild.

77. ROUSSEAU (J.-J.). — *Emile ou de l'Education par J.-J. Rousseau, citoyen de Genève.* — La Haye, Jean Néaulme, 1762. Illustrations par Eisen

[Rés. R. 2.143.]

La gravure représente Thétis trempant son fils dans le Styx pour le rendre invulnérable.

78. ROUSSEAU (J.-J.). — *Airs du Devin de village.* — Manuscrit autographe.

[Rés. Vm⁷, 667.]

79. *Office de la Semaine sainte.* — Paris, Garnier, ,1752.

[Rés. B. 12.585.]

Reliure aux armes de Marie-Josèphe de Saxe, dauphine.

80. DESALLIER D'ARGENVILLE. — *La Conchyliologie*. 3ᵉ édit. Tome I. — Paris, De Bure, 1780. In-4°.

(Rés. S. 684.]

Reliure maroquin rouge à dentelle aux armes de Louis XVI.

81. OVIDE. — *Les métamorphoses d'Ovide en latin et en françois de la traduction de M. l'abbé Banier.* — Paris, Despilly, 1767. In-8°.

[Rés. m. Yc. 539.]

Illustrations par les meilleurs artistes de l'époque : Eisen, Choffard, Gravelot, Monnet, Moreau, etc.

82. DORAT. — *Les Grâces.* — Paris, L. Prault, 1769, 2 vol. in-8°. Illustration de Boucher et Moreau le jeune.

[Rés. Z. 4.020 (1 et 2).]

83. VAUSENVILLE (Le Roberger DE). — *Essai physico-géométrique.* — Paris, d'Houry, 1778.

[Rés. V. 3.049.]

Reliure maroquin rouge aux armes de Marie-Antoinette, dentelle à l'oiseau par Derome.

84. *Les Bains de Diane ou le triomphe de l'amour, poème.* — Paris, J.-P. Costard, 1770. In-8°.

[Rés. p. Ye. 531.]

Illustré par Marillier. L'exemplaire exposé vient du legs Salomon de Rothschild.

85. BUFFON. — *Histoire naturelle des oiseaux.* — Tome II. In-folio. Paris, Imprimerie royale, 1772.

[Rés. S. 342.]

Illustrations en couleurs.

86. MONTESQUIEU. — *Le Temple de Gnide.* — Paris, 1772. In-8°.

[Rés. p. Y^2. 1.030.]

Texte gravé. Belles figures par Eisen. — L'exemplaire exposé vient du legs Salomon de Rothschild.

87. LA FONTAINE (J. DE). — *Fables choisies mises en vers
     par J. de La Fontaine.* — Paris, Dessaint et Saillant,
     1755.

[Rés Ye. 105.]

Reliure maroquin rouge, signée L. Douceur, aux armes
du Comte de Toulouse.

88. LA BORDE. — *Choix de chansons, mises en musique par
     M. de La Borde, ornées d'estampes par J.-M. Moreau.*
     4 vol. — Paris, de Lormel, 1773. In-4°.

[Z. Audéoud.]

L'un des plus célèbres parmi les livres illustrés du
XVIII° siècle.

89. ROUSSEAU (J.-J.). — *Julie ou la nouvelle Héloïse. Lettres
     de deux amans habitans d'une petite ville au pied
     des Alpes, recueillies et publiées par J.-J. Rousseau.*
     Tome I. — Londres, 1774.

[Rés. Z. 1.356.]

Œuvres complètes de Rousseau.

90. POPE (Alexandre). — *Œuvres complettes d'Alexandre
     Pope, traduites en françois.* Nouvelle édition. Tome II.
     — Paris, Veuve Duchesne, 1779. In-8°.

[Rés. Z. 3.699 et 3.700.]

Dessins originaux de Marillier.

91. BEAUMARCHAIS. — *La Folle journée ou le mariage de
     Figaro, comédie en cinq actes en prose, par M. de
     Beaumarchais.* — Paris, Ruault, 1785. In-4°.

[Rés. Yf. 59.]

Illustrations de Saint-Quentin.

92. VOLTAIRE. — *Œuvres complètes de Voltaire.* — Impri-
     merie de la Société littéraire-typographique, 1785.
     In-4°. Tome n° 46.

[Rés. p. Z. 609.]

Legs Salomon de Rothschild. —Illustrations de Moreau
presque toutes avant la lettre.

93. *Collection académique.* Tome I. — Dijon, F. Desventes, 1755.

[Rés. R. 1.034.]

Reliure maroquin rouge à dentelle, aux armes de L.-Joseph de Condé.

94. *Collection de drapeaux.* — Paris, rue Saint-Antoine, An Ier. In-4°.

[Rés. Li^{x3}. 4.]

Reliure maroquin rouge au timbre de l'Assemblée nationale.

95. RACINE (Jean). — *Œuvres.* — Paris, imprimé au Louvre par Pierre Didot l'aîné, 1801. 3 vol. in-folio.

[Vélins. 10.]

Exemplaire unique imprimé sur vélin.

96. CHATEAUBRIAND (François-Auguste DE). — *Atala ou les amours de deux sauvages dans le désert, par François-Auguste de Chateaubriand.* — Paris, Migneret, An IX. In-8°.

]Rés. Y². 3.595.]

Edition originale.

97. *Album de dessins originaux de Moreau le jeune, destinés à illustrer les œuvres de Molière.* — 1806.

[Rés. p. Yf. 125.]

Legs Salomon de Rothschild.

98. *Ossian, fils de Fingal, poésies galliques traduites sur l'anglais de M. Macpherson, par M. Le Tourneur.* — Tome I. — Paris, Neurtier, 1777. In-4°.

[Rés. Yn. 4.]

Reliure maroquin citron, aux armes de Napoléon Ier.

99. VILMIN (Henri). — *Détails historiques sur les principales descentes faites en Angleterre.* — Nantes, à la Syrène, 1804. In-8°.

[Rés. Na. 239.]

Reliure maroquin rouge, signée de Langlois à Nantes, ornée de médaillons avec paysages.

100. LAMARTINE (Alphonse DE). — *Nouvelles méditations poétiques, par Alphonse de Lamartine.* — Paris, U. Canel, 1823. In-8°.

[Rés. p. Ye. 560.]

Edition originale. Offert à la Bibliothèque par les «Amis de la Bibliothèque Nationale ».

101. LAMARTINE (Alphonse DE). — *Nouvelles méditations poétiques.* 4ᵉ édit. — Paris, U. Canel, 1825.

[Rés. p. Ye. 418.]

Illustrations par Dévéria.

102. LENOBLE. — *Relation du sacre de Sa Majesté Charles X.* — Paris, Pochet, 1825. In-8°.

[Rés. Lb⁴⁹. 243.]

Maroquin rouge aux armes de Charles X.

103. BERLIOZ. — *Orphée.* (Cantate).

[Rés. Vm². 99.]

Copie, musique et notes autographes. [PL. IV.]

104. NODIER (Charles). — *Apothéoses de Pythagore.* — Charles Nodier, éditeur à Crotone. In-4°.

[Rés. R. 1.081.]

Tiré à 19 exemplaires, dont 2 sur papier rose. — L'exemplaire exposé porte une dédicace à Ballanche.

105. JANIN (Jules). — *L'âne mort et la femme guillotinée.* — Paris, Delangle frères, 1830. In-16.

[Rés. p. Y². 304.]

Cet exemplaire est illustré de dessins originaux d'Hippolyte Bellangé.

106. GAUTHIER (Théophile). — *Les Jeunes-France.* — Paris, Renduel, 1883. In-8°.

[Rés. Y². 3.115.]

Edition originale. — Frontispice de Célestin Nanteuil.

107. *Lettre d'indulgence imprimée, de 1454.*

[Vélins. 394.]

Reliure cathédrale de Thouvenin.

108. GAUTIER (Théophile). — *Albertus ou l'âme et le péché,
    légende théologique, par Théophile Gautier*. — Paris,
    Paulin, 1833. In-8°.   [Rés. Ye. 4,053.]
    Edition originale. — Frontispice de Célestin Nanteuil.

109. HUGO (Victor). — *Notre-Dame de Paris*. — Paris, Ren-
    duel, 1836. In-8°.   [Rés. p. Y2. 355.]
    Reliure cathédrale, signée Silvestre.

110. BERNARDIN DE SAINT-PIERRE (Henri). — *Paul et Virginie*.
    — Paris, Curmer, 1838. In-4°.
    Exemplaire sur papier de Chine, provenant du legs
    Salomon de Rothschild.

111. FÉNELON. — *Les Aventures de Télémaque, par Fénelon*.
    Tome I. De l'imprimerie de Monsieur, 1785.
                                             [Vélins. 632.]
    Reliure de Lefebvre.

112. BOREL (Pétrus). — *Madame Putiphar, par Pétrus Borel*
    (Le Lycanthrope). Tome II. — Paris, Ollivier, 1839.
    In-8°.   [Rés. Y². 3.006.]

113. REYBAUD (Louis). — *Jérôme Paturot à la recherche
    d'une position sociale, par Louis Reybaud*. Edition
    illustrée par J.-J. Grandville. — Paris, J.-J. Dubochet,
    Le Chevalier et Cⁱᵉ, 1846. In-4°.
                                             [Rés. Y². 1.089.]

114. DELORD (Taxile). — *Les Fleurs animées, par J.-J. Grand-
    ville*. Introductions par Alphonse Karr. Texte par
    Taxile Delord. — Paris, G. de Gonet, 1847. 2 vol.
    in-4°.   [Rés. Y². 1.009-1.010.]

115. BALZAC. — *Les contes drôlatiques, colligez ez abbayes de
    Touraine et mis en lumière par le sieur de Balzac*. —
    Paris, Société générale de librairie, 1855. In-8°.
                                             [Rés. Y². 2.962.]
    Illustrations de Gustave Doré.

Le Chancelier René de Birague

Médailles, 180.

Louis XIV

Médailles, 257.

116. **CHATEAUBRIAND.** — *Atala, par le Vicomte de Chateaubriand,* avec les dessins de Gustave Doré. — Paris,
Hachette, 1863. In-folio.

[Rés. Y². 394.]

117. **RABELAIS.** — *Œuvres de Rabelais.* — Paris, Garnier,
1883. In-folio.

[Rés. Y². 367.]

Illustrations de Gustave Doré.

118. **RUMPOLT.** — *Ein neu Kochbuch.* — Franckfurt am
Mayn, 1581.

[Rés. g. V. 152.]

Reliure de Trautz Bauzonnet.

FONDS SMITH-LESOUEF, à Nogent-sur-Marne

119. *Livre des trois eages.* — Manuscrit de la seconde partie
du XVᵉ siècle, miniatures.

L'auteur de ce livre est Pierre Choynest, rédacteur
du *Rosier des guerres.* Précieux exemplaire de présentation, fait pour le dauphin Charles VIII, avant 1483. Belles
enluminures.

120. Jacques **LE GRANT.** — *Le livre des Bonnes Mœurs,* suivi
des *Dits moraux des philosophes,* par Jacques DE
TIGNONVILLE.

Précieux exemplaire exécuté pour le grand Bâtard
Anthoine de Bourgogne vers 1470 et orné de fort belles
miniatures. Il passa ensuite dans la famille de Croy.

121. *Homère.* — Texte grec et traduction latine, exemplaire
interfolié et couvert de notes de Chateaubriand.

C'est l'exemplaire que Chateaubriand portait dans son
sac de soldat au siège de Thionville et dont il est question dans les MÉMOIRES D'OUTRE-TOMBE : « Je m'asseyais
avec mon fusil au milieu des ruines... Puis je serrais

mon trésor dont le poids, mêlé à celui de mes chemises, de ma capote, de mon bidon de fer blanc, de ma bouteille clissée et de mon *petit Homère* me faisait cracher le sang. » — Ed. Biré, t. II, p. 58. « Barbare de l'Armorique au camp des Princes, je portais Homère avec mon épée. »

122.   Victor HUGO. — *Le Rhin.*
     Epreuves corrigées par l'auteur, 1841.

DON HENRI GANS

123.   HUGO (Victor). — *Les Orientales.* — Paris, Gosselin, 1829.

124.   LAMARTINE (A. DE). — *Jocelyn.* — Paris, Gosselin, 1831.

125.   *Lettres autographes de Verlaine.*

SECTION GÉOGRAPHIQUE

126. **Tombouctou en 1413.** — Planisphère du juif converti Mecia de Viladestes, fait à Majorque, en 1413.

Vers Tombouctou (*Tenbuth*) convergent les itinéraires venant de l'Egypte, par le Kanem (*Organa*) et Gao (*Geugeu*); de Tunisie et d'Algérie, par le Hoggar (*Uugar*); du Maroc, par les villes de Sidjilmassa (*Segelmasa*), Tamentit (*Tamentet*) et Bouda (*Ciuta de Buda*), villes du Tafilelt et du Touat; du Soudan (*Sudam*), par la capitale des Malinké (*Ciuta Musameli*).

127. **Carte de Salvat de Pilestrina (1511).**

Les itinéraires sahariens sont tombés dans l'oubli.

128. **Sphère armillaire** construite pour l'éducation du Dauphin.

Un mécanisme permettait de mettre en mouvement tout le système stellaire.

129. **Reconnaissances des environs de Versailles, faictes par Mgr le Dauphin [Louis XVI] en 1769.**

129 *bis*. **Plan de Fontainebleau et de la partie voisine de la forêt.**

Ce fragment d'une carte générale de la forêt de Fontainebleau a été sauvé de l'incendie des Tuileries en mai 1871.

130. **Seigneurie de Ferney-Voltaire.**

Plan de la demeure de Voltaire, dessiné, en 1784, par J.-B. Semane, arpenteur-géographe. Au bas un portrait médaillon de Voltaire.

130 *bis*. Le Parc Monceau en 1783.

  Plan de la maison de plaisance, dite la « Folie de Chartres », et du parc dessiné par Carmontelle, qui appartenaient, depuis 1778, au duc de Chartres, depuis Philippe-Egalité, père du roi Louis-Philippe.

131. Château de Bellevue, bâti pour Mme de Pompadour.

  Vue cavalière du Château qui a été détruit et des communs qui subsistent encore. Ce joli relief fut « levé et exécuté par P.-N. LE ROY, ingénieur et pensionnaire du Roi, gentilhomme servant de Mgr le comte d'Artois, 1777 ».

MANUSCRITS

I. — MANUSCRITS A MINIATURES

132. Louis XI tenant un Chapitre de l'Ordre de Saint-Michel. — Miniature attribuée à JEAN FOUCQUET. — *Statuts de l'Ordre de Saint-Michel* (1469). — Français 19819.

Exemplaire de ces Statuts écrit et enluminé pour le roi Louis XI, grand maître et fondateur de l'Ordre. La miniature dans laquelle il est ici représenté est très probablement l'œuvre de Jean Foucquet. M. Paul Durrieu qui en a signalé l'importance (d'abord dans la *Gazette archéologique*, XIV (1889), p. 75 et pl. xiv, et, depuis, dans plusieurs mémoires) a même cru pouvoir identifier presque tous les personnages qu'on y voit. Ce seraient, parmi ceux qui sont à la droite du roi : Jean Robertet, Gui Bernard, évêque de Langres, Antoine de Chabannes, comte de Dammartin, Charles de France, duc de Guyenne; et parmi ceux qui sont à sa gauche : Jean Montjoie, héraut d'armes, Jean Bourré, Louis de Laval, seigneur de Châtillon, le connétable de Saint-Pol (?), Jean II, duc de Bourbon, et Louis, bâtard de Bourbon, comte de Roussillon.

La scène, tout à fait semblable à la présente, que Montfaucon a reproduite, dans ses *Monuments de la monarchie française* (t. III, p. 306), est tirée de l'exemplaire de ces mêmes *Statuts*, qui a été fait pour Charles de Guyenne, frère de Louis XI, et qui est aujourd'hui conservé dans le ms. 1242 de la collection Clairambault.

[PL. v.]

133. Sainte Anne et les trois Maries. — *Heures* d'ETIENNE CHEVALIER, enluminées par Jean FOUCQUET. — Nouvelles acquisitions du fonds latin 1416.

C'est la seule miniature que la Bibliothèque Nationale possède de ce célèbre livre d'heures, dépecé par un vandale, dans la première moitié du XVIII° siècle. Elle a été acquise, en 1881, avec le généreux concours du duc de La Trémoïlle. Quarante-trois autres miniatures de ce merveilleux volume sont aujourd'hui conservées au Musée du Louvre (2), au Musée Condé, à Chantilly (40) et au British Museum (1).

M. Paul Durrieu en a signalé, récemment, une quarante-cinquième chez un libraire de Londres (*Livre d'heures peint par Jean Foucquet pour maître Etienne Chevalier,* Paris, 1923, in-4°).

134. Anne de Bretagne, reine de France (1476-1514). — *Recueil de prières.* — Latin 1190.

H. Bouchot a montré que ce portrait et celui qui se trouve dans l'épaisseur de l'autre ais de bois de la reliure étaient ceux de Charles VIII et d'Anne de Bretagne (*Gazette archéologique,* t. XIII (1888), p. 103 et pl. XVII, et *Bibliothèque de l'Ecole des Chartes,* t. XLVIII (1887), p. 580). [PL. VI.]

135. Nativité de Jésus-Christ. — *Heures* de Louis, duc de Savoie. — Latin 9473.

M. Mugnier, qui a consacré une longue étude à ce volume, dans son travail sur *Les manuscrits à miniatures de la maison de Savoie* (Moutiers, 1894, in-8°), a montré qu'il avait été très probablement copié et enluminé, vers 1440, pour le duc Louis, fils et successeur d'Amédée VIII. Les armes de la maison de Savoie qu'on y voit, en plusieurs endroits, accompagnées de la devise : *Fert,* ne laissent, en tout cas, aucun doute sur son origine.

M. Mugnier a cru reconnaître Annecy, dans la ville de la présente miniature, qui est représentée au second plan.

136. **Les serments avant le tournoi.** — *Livre des tournois* du
roi René. — Français 2693.

Voici quel est le passage du manuscrit auquel la présente miniature sert d'illustration : « *Histoire de la façon
de la venue du seigneur appellant* [duc de Bretagne] *et
du seigneur deffendant* [duc de Bourbon] *pour venir sur
les rengs pour faire les seremens.* — Et est assavoir que à
l'eure qu'il [le duc de Bretagne] y devra venir, après le
disner, les héraulx et poursuivans vestus de leurs cottes
d'armes yront cryant, aval la ville, devant les herberges
des tournoyans : Aux honneurs, seigneurs, chevaliers et
escuiers ! Aux honneurs ! Aux honneurs.

« Et lors chacun tournoyeur monte sur son cheval,
armoyé de ses armes et gentement habillié, sans harnoiz,
ung tronchon de lance ou baston en sa main, ayant le
banneret avec lui, cellui qui portera sa bannière, qu'il
fera porter rollée, sans estre desployée, ses varlez à piet
et à cheval, pareillement sans armes, lesquelz lui tien-
dront compagnie jusques à l'ostel de leur chief, où il
viendra pour acompaignier son pennon sur les rangs, et
de là aussy sur les lices.

« Et semblablement le fera le deffendant, avec ses
barons et autres de sa conduite, après la retraitte de l'ap-
pelant.

« La façon de la promesse que lesditz seigneurs juges
diseurs [placés sur l'estrade de gauche, à côté des dames
et demoiselles d'honneur réunies sur l'estrade voisine]
doivent faire faire aux princes, seigneurs, barons, chevaliers et escuiers tournoyeurs est telle comme cy après
s'ensuit. Et dira le hérault des juges aux tournoyans :

« Haulz et puissans princes, seigneurs, barons, chevaliers et escuiers, s'il vous plaist, vous tous et chacun de
vous leverez la main dextre en hault vers les saints, et
tous ensemble, ainçois [avant] que plus avant aler, pro-
metterez et jurerez, par la foy et serement de voz corps
et sur vostre honneur, que nul d'entre vous ne frappera
autre, audit tournoy, à son escient, d'estoc, ne aussy

depuis la chainture en aval, en quelque façon que ce soit, ne aussy ne boutera ne tirera nul, s'il n'est recommandé.

« Et, d'autre part, ce par cas d'aventure, le heaulme cheoit de la teste à aucun, autre ne lui touchera, jusques à tant qu'il lui aura esté remis et lacé; en vous soubmettant, se autrement le faistes à vostre escient, de perdre armures et destriers et estre criez banniz du tournoy pour une autre fois.

« De tenir aussy le dit et ordonnence, en tout et par tout, telz comme messeigneurs les juges diseurs ordonneront les delinquans estre pugniz sans contredit.

« Et ainsy vous le jurez et promettez, par la foy et serment de vos corps et sur vostre honneur.

« A quoy ils responderont : Oy, oy.

« Cela fait, entrera le deffendant dedans les lices pour faire ses monstres, en la forme et manière que cy devant est devisée.

« Pour ce jour là ne se fera autre chose, sinon après le souper les dances comme le jour précédent... »

137. **François Ier à la bataille de Marignan.** — *Discours de Cicéron*, traduits en français par Etienne Leblanc. — Français 1738, fol. 1.

C'est l'exemplaire qui a été exécuté pour François Ier, entre 1526 et 1531. La bataille représentée, dans l'unique miniature dont il est orné, est très certainement celle de Marignan, dont le traducteur parle longuement dans son épitre dédicatoire. De plus, le chevalier vêtu, sur son armure, d'une tunique d'or et coiffé d'un casque à longues plumes blanches, qui, au premier plan, combat avec acharnement, doit être identifié avec François Ier.

MM. P. Durrieu et Marquet de Vasselot (*Les manuscrits à miniatures des Héroïdes d'Ovide*, Paris, 1894, in-8°) attribuent cette miniature à l'artiste qui a enluminé les *Gestes de la reine Blanche* (Français 5715) et un manuscrit des *Héroïdes d'Ovide* conservé à la bibliothèque de Dresde.

Vergennes

Montesquieu

Louis XV

Louis XVI et Marie-Antoinette

Naissance du Dauphin

Médailles, 185, 186, 277, 285, 287.

XII

Laurent Cars. — Fêtes Vénitiennes

Estampes, 297.

D'autres exemplaires de cette traduction ont été offerts par son auteur au connétable Anne de Montmorency et au chancelier Antoine du Prat (L. Delisle, *Traductions d'auteurs grecs et latins offertes à François I*[er]* et à Anne de Montmorency*, Paris, 1900, in-4°).

138. **Fabrication de la robe sans couture de Jésus-Christ. —** *Chants royaux couronnés au puy de Rouen de 1519 à 1528.* **—** Français 1537.

Le chant royal, dont la présente miniature forme l'illustration, fut couronné en 1520. Son auteur est inconnu. Il se compose de 5 strophes, qui ont pour refrain :

> Du filz de Dieu la robe inconsutile.

Voici le texte de la première :

> Pour revestir humaine créature
> Nue de grace et bénédiction,
> Le filz de Dieu, éternel par nature,
> Soubz le manteau et la condicion
> D'ung humble serf, fist ung addition
> Du hault estat de la divinité
> Au bas suppost de nostre humanité.
> A donc nature, au moyen d'une dame
> Grace nommée, en tixture subtille,
> Fist préparer de biens de corps et de ame
> Du filz de Dieu la robe inconsutile.

Les personnages du premier plan sont, d'un côté, sainte Anne, qui dévide la laine nécessaire à la confection de la robe sans couture et, de l'autre, Joachim qui tient les écheveaux.

Les poésies des puys de palinods de Rouen et de Caen, dont plusieurs sont dues à nos meilleurs poètes, ont été, de la part de M. Eug. de Beaurepaire, l'objet de longues recherches, qui n'ont été publiées qu'après sa mort (Caen, 1907, in-8°).   [PL. VII.]

139. **Jésus portant sa croix.** — *Heures* dites de Henri IV. — Latin 1171.

Ce manuscrit, du commencement du XVIe siècle, présente une particularité, dont on n'a pas, croyons-nous, signalé d'autre exemple. Tout le texte, dont il se compose, est écrit sur des pages entièrement dorées; il en est de même des quelques petites miniatures dont il est orné; la réglure y est indiquée par des lignes rouges. Cette surabondance d'or donne au volume une apparence d'extrême richesse sinon d'élégance et de beauté.

On y trouve, en outre, 60 miniatures à pleine page, qui sont presque toutes groupées par deux et disposées en face l'une de l'autre, l'une au verso et l'autre au recto, comme dans un diptyque. Ce sont des miniatures en grisaille avec rehauts de violet et d'or.

On ne sait rien ni du personnage pour lequel il a été fait ni de l'artiste qui l'a illustré. Il porte, au dos de sa reliure, en maroquin olive, les armes du cardinal Charles II de Bourbon (*de France au bâton de gueules péri en bande*) et sa devise (*Superat candore et odore*, autour d'un lis épanoui). A la mort de ce dernier, survenue en 1594, il passa au roi Henri IV, qui marqua sa propriété en y faisant ajouter ses armes, sur le premier plat, et, sur le dernier, l'inscription suivante : « H. IIII (avec une couronne au-dessus) PATRIS PA | TRIÆ VIRTV | TVM RES | TITVTO | RIS. »

Ses marges présentent une ornementation assez compliquée et peu commune, dont on n'a pu jusqu'ici donner d'explication plausible. On y voit, en effet : des séries de cordes très courtes, tantôt effilochées, d'un seul côté généralement, comme si elles avaient été rompues, tantôt nouées, vers le milieu, et tenues par une main sommairement dessinée au trait; — de fines cordelettes, soigneusement enroulées, raides et sans effilochures; — les lettres de l'alphabet : A-Z, avec l'& et le 2 (com.) des alphabets d'imprimeurs, mais sans la lettre M qui, placée dans des positions diverses, forme à elle seule le motif décoratif d'autres encadrements; — des gerbes de pensées; — de petits treillis au milieu de cercles, dans lesquels certains ont, à tort, vu des tourteaux; — des chapelets, à chacun desquels est suspendu une médaille de saint François d'Assise; — et enfin des colonnes, torses ou brisées, ou de simples morceaux de bois ronds, enveloppés dans une banderolle sur laquelle on lit, tantôt : CAR. NON. et tantôt : NON. CAR. Cette inscription ne saurait s'appliquer à Charles IX (CAROLUS NONUS) ainsi que quelques uns l'ont pensé.

140. **Sacrifice d'Abraham.** — *Heures de Dinteville.* — Latin 10558.

Les armes de la famille de Dinteville y sont peintes sur plusieurs feuillets. Ce volume appartient à cet admirable groupe de manuscrits du xvi⁰ siècle — dont l'histoire est mal connue — qui comprend, en outre, les *Heures* de Henri II et les *Heures* du connétable Anne de Montmorency. Ces manuscrits sont ornés de remarquables peintures, dont plusieurs sont en camaïeu vert, rouge, etc.

141. **Annonciation.** — *Officium Beatæ Mariæ Virginis ad usum Romanum,* 1531. — Latin 10563.

Les fêtes de sainte Geneviève (3 janvier) de la *Susceptio S. Coronæ* (4 août), de sainte Aure (4 octobre) et de saint Denys (9 octobre, en rouge), qu'on y trouve indiquées dans le calendrier, montrent que cet Office a été fait pour une personne du diocèse de Paris. Les curieuses miniatures en grisaille, dont il est orné, rappellent, par certains détails, les illustrations des livres d'heures imprimés de la même période.

142. **Portrait de Louis XIV.** — *Heures de Louis le Grand.* — Latin 9477.

Ce livre d'heures a été écrit et enluminé, en 1693, à l'Hôtel Royal des Invalides, d'où est également venu, en 1688, un autre livre d'heures, fait aussi pour Louis XIV, qui est conservé sous le n° 9476 du fonds latin. Aucun d'eux ne porte le nom des artistes auxquels ils sont dus; on sait seulement, par une passage des *Comptes des bâtiments du Roi,* publiés par J. Guiffrey (t. III (1891), pp.272-273), que le second fut écrit par un « soldat invalide ».

143. **Nativité de Jésus-Christ, par BAUDOUIN, 1767.** — *Epistolæ ad usum capellæ regiæ Versaliensis.* — Latin 8896.

Ce curieux spécimen de l'art de la miniature au xviii° siècle porte, dans le bas, la signature *P.-A. Baudouin, 1767.* — Or, on sait que cet artiste s'est plus volontiers consacré aux sujets grivois qu'aux sujets religieux. — On y voit, en outre, sur l'or de l'encadrement — réclame inattendue — le nom de ceux qui ont fourni l'encre d'or dont l'enlumineur s'est servi : « E. F. V. H. Mercier. — Les encres d'or du frère Hypolite, b[oulevard] S. Martin. »

II. — MANUSCRITS AUTOGRAPHES

144. **Rondeau de Charles d'Orléans.** — *Recueil des poésies de Charles d'Orléans.* — Français 25458.

M. Pierre Champion a montré (*Le manuscrit autographe des poésies de Charles d'Orléans*, Paris, 1907, in-8°) qu'un certain nombre de poésies de ce Recueil étaient écrites de la main même de Charles d'Orléans. C'est ainsi que le rondeau suivant, auquel le volume est ouvert, doit être tenu pour autographe :

> Beauté, gardez vous de mez yeulx,
> Car il vous viennent assaillir.
> S'il vous povoient conquerir,
> Il ne demanderoyent mielx.
> Vous êtes seule soubz les cieulx
> Le trésor de parfait plaisir.
>
> > Beauté, etc.
> > Car il, etc.
> Congneus lez ay jeunes et vieulx,
> Qu'il ne leur chauldroit de morir,
> Mais qu'eussent de vous leur desir.
> Je vous avise qu'ils sont tieulx.
> > Beauté, etc.

Provient de la bibliothèque du duc de La Vallière. Il a figuré, sous le n° 2788, au tome II du *Catalogue* de la vente de 1783, et a été acquis pour la Bibliothèque du Roi, au prix de 80 livres.

145. **Les Grands Capitaines**, par BRANTÔME. — Nouvelles acquisitions du fonds français 20468.

Manuscrit partiellement autographe. Il est ouvert à une page qui permet de se rendre compte des différences extrêmement sensibles que présente l'écriture de l'auteur avec celle du copiste employé par lui. Cf. *Œuvres de Brantôme*, éd. Lalanne, III, pp. 224-225.

146. **Journal de P. de L'Estoile**. — Français 6678.

Le volume est ouvert à la page consacrée au duc de Joyeuse, « premier mignon du roi ».

147. **Pensées de Pascal**. — Français 9202.

Tel qu'il se présente aujourd'hui, ce volume est le résultat du travail de découpage et de collage sur des feuillets d'un même format, qui fut fait, en 1711, à Saint-Germain-des-Prés — par l'abbé Louis Périer ou avec son consentement — des « cahiers » ou papiers laissés par Pascal. De là cette infinité de morceaux de toutes tailles, dont on n'a conservé que les parties écrites.

Il est ouvert, au folio 347, au fragment célèbre sur la *Disproportion de l'homme*, dont voici la transcription, sans indication ou relevé des mots barrés ou des surcharges.

« *Disproportion de l'homme*. — Voilà où nous mènent les connaissances naturelles. Si celles-là ne sont véritables, il n'y a point de vérité dans l'homme; et si elles le sont, il y trouve un grand subject d'humiliation, forcé à s'abaisser d'une ou d'autre manière. Et, puisqu'il ne peut subsister sans les croire, je souhaitte, avant que d'entrer dans de plus grandes recherches de la nature, qu'il la considère une fois sérieusement et à loisir, qu'il se regarde aussy soy même et connaissant quelle proportion il y a...

« Que l'homme contemple donc la nature entière dans sa haute et pleine majesté, qu'il éloigne sa veue des objets bas qui l'environnent. Qu'il regarde cette éclatante lumière, mise comme une lampe éternelle pour éclairer l'univers, que la terre lui paraisse comme un point, au prix du vaste tour que cet astre décrit, et qu'il s'étonne de ce que ce vaste tour luy-même n'est qu'une pointe très délicate à l'égard de celuy que les astres qui roulent dans le firmament embrassent. Mais si notre veue s'arreste là, que l'imagination passe outre; elle se lassera plustost de concevoir que la nature de fournir. Tout ce monde visible n'est qu'un trait imperceptible dans l'ample sein de la nature. Nulle idée n'en approche. Nous avons beau enfler nos conceptions, au delà des espaces imaginables, nous n'enfantons que des atomes, au prix de la réalité des choses. C'est une sphère infinie dont le centre est partout, la circonférence nulle part. Enfin, c'est le plus grand caractère sensible de la toute puissance de Dieu que nostre imagination se perde dans cette pensée. »

148. **Mémoires du cardinal de Retz.** — Français 10326.

Second volume du manuscrit de ces *Mémoires* qui en comprend trois. Il est ouvert à un passage de la fin de mars 1649 relatif aux affaires du duc et de la duchesse de Bouillon.

149. **Mémoires de Mlle de Montpensier.** — Français 6698.

Le volume est ouvert au passage dans lequel Mlle de Montpensier raconte (fol. 123ro) qu'elle a « ordonné » au gouverneur de la Bastille de tirer sur les troupes du Roi, au combat du faubourg Saint-Antoine, du 2 juillet 1652. Or, on sait que le responsable de cet ordre n'est pas, malgré cette apparence, Mlle de Montpensier, qui n'a fait que le transmettre, mais bien son père le duc d'Orléans. Le texte même de cet ordre, signé de Gaston d'Orléans, est, en effet, conservé, en original, dans le volume 208, fol. 59, de la collection Baluze.

150. **Mémoires de Louis XIV.** — Français 10329.

Le volume est ouvert au premier fragment, en face duquel se trouve l'attestation du maréchal de Noailles, qui en fait connaître l'origine et en confirme l'authenticité : « ... et avoir pris les précautions de touttes manières, tant par des alliances que par des levées, des magasins, des vaisseaux et des sommes considérables d'argent. J'ai fait des traités avec l'Angleterre, l'eslecteur de Cologne et l'evesque de Munster pour attaquer avec la Suède, pour tenir l'Alemagne en bride, avec le duc d'Hanauvre, de Neubrissac et avec l'Empereur pour qu'il ne prist aucune part dans tous les desmeslés qui alloient se mouvoir... » — La collection des fragments et copies de cette provenance forme aujourd'hui les n°ˢ 6732-6734 et 10329-10331 du fonds français.

151. Les sentimens de l'Académie Françoise sur la question de la tragicomédie du Cid. — Français 15045.

Le texte même est de la main de Chapelain. Le volume est ouvert à une page qui porte, en marge, l'apostille suivante du cardinal de Richelieu : *Il ne faut point dire cela sy absolument.*

152. Aventures de Télémaque, par FÉNELON. — Français 14944.

Manuscrit autographe, ouvert à la page dans laquelle les soldats malades rendent grâce aux dieux de leur avoir envoyé Télémaque.

153. Sermon sur l'ambition, par BOSSUET. — *Sermons de Bossuet.* — Français 12822, fol. 340.

Ce sermon fut prêché aux Carmélites, en 1661. Le volume est ouvert au passage suivant : « Cette noble idée de puissance est bien éloignée de celle que se forment, dans leurs esprits, les puissans du monde. Car, comme c'est le naturel du genre humain d'estre plus sensible au mal qu'au bien, aussi les grands s'imaginent que leur puissance éclate bien plus par des ruines que par des bienfaits; de là, les guerres, de là, les carnages, de là, les entreprises hautaines de ces ravageurs de provinces que nous appelons conquérans. Ces braves, ces triomphateurs, avec tous leurs magnifiques éloges, ne sont sur la terre que pour troubler la paix du monde par leur ambition démesurée; aussi Dieu ne nous les envoye-t-il que dans sa fureur. Leur[s] victoire[s] font le dueil et le désespoir des veuves et des orphelins : ils triomphent de la ruine des nations et de la désolation publique; et c'est là qu'ils font paroistre leur toute puissance. »

La réimpression de ce sermon faite, à Bruges, en 1915 — en pays occupé, par conséquent — par les soins de la maison Desclée, de Brouwer et Cie et de la maison Hachette, pour le quatrième volume dès *Œuvres oratoires* de Bossuet, publiées sous la direction des abbés Ch. Urbain et E. Levesque, dut être soumise à la kommandantur de Thielt, dont Bruges dépendait. Or, celle-ci refusa pendant longtemps son visa, estimant, sans doute, que les « ruines » et les « carnages » flétris par le grand évêque rappelaient trop cruellement les ruines et les carnages de l'occupation allemande. Plusieurs démarches furent nécessaires pour obtenir la levée de l'interdiction.

Un fac-similé de l'épreuve ainsi censurée a été joint au volume imprimé, afin d'appeler sur la dangereuse mentalité, dont elle témoigne, l'attention et le mépris de la postérité et de rendre impossible ou du moins inopérante toute dénégation intéressée.

154. **Tragédie d'Achille, par** Jean de La Fontaine. **— Français 12794.**

C'est le seul manuscrit autographe du grand fabuliste qui soit possédé par la Bibliothèque nationale.

155. **Notes prises par Jean Racine pour la composition d'Athalie. — Français 12887.**

Tous les papiers de Jean Racine, que son fils Louis a pu réunir, ont été donnés par lui, en 1756, à la Bibliothèque royale, où ils portent les n°ˢ 12886 à 12891 du fonds français. Ils ne comprennent malheureusement le texte d'aucune de ses œuvres dramatiques.

J.-H. Fragonard. — Bacchanales

J.-B.-A. GAUTIER DAGOTY. — Portrait de Madame Du Barri

Estampes, 316.

156. Rousseau (Jean-Jacques). **Si le rétablissement des sciences et des arts a contribué à épurer les mœurs.** — *Recueil de lettres autographes,* etc. — Nouvelles acquisitions du fonds français 5215, fol. 531.

Manuscrit du fameux discours qui, en l'année 1750, remporta le prix au concours ouvert, sur cette question, par l'Académie de Dijon et marqua le début de Rousseau dans la carrière des lettres.

157. **Déclaration de Voltaire, février 1778.** — Français 11460.

Au texte autographe de cette déclaration est joint le passage du journal de Wagnière, dans lequel celui-ci fait connaître la date précise et les circonstances de sa rédaction : « Le 28 février, étant seul avec lui, je le priai de vouloir bien me dire quelle était exactement sa façon de penser, dans un moment où il me disait qu'il croiait mourir. Il me demanda du papier et de l'encre, il écrivit, signa et me remit la déclaration suivante :

« *Je meurs en adorant Dieu, en aimant mes amis, en ne haïssant pas mes ennemis, en détestant la superstition. 1778, fév. Voltaire.* »

158. **Le Mariage de Figaro,** par Beaumarchais. — Français 12544.

Le manuscrit, également autographe, qui fut soumis aux censeurs, est aujourd'hui aux archives de la Comédie Française.

159. **La Marseillaise,** par Rouget de Lisle. — Nouvelles acquisitions du fonds français 4299.

Exemplaire autographe, envoyé par son auteur, le 24 février 1829, à David d'Angers.

160. **Mémoires de Mme Roland.** — Français 13736.

C'est le manuscrit autographe qu'elle écrivit, en 1793, à la prison de l'Abbaye.

161. **Derniers Iambes d'André Chénier.** — Nouvelles acquisitions du fonds français 6850.

Ces *Iambes*, dont on a pu dire qu'ils sont « le plus sublime cri d'indignation, d'ironie, de colère et de pitié qu'ait poussé la poésie française », sont les « derniers que [d'une écriture microscopique] l'auteur écrivit dans sa prison. Ils échappèrent à la vigilance des geoliers, parce qu'ils étaient roulés et mis dans du linge sale » :

> Comme un dernier rayon, comme un dernier zéphir
> Animent la fin d'un beau jour,
> Au pied de l'échafaud, j'essaye encor ma lyre,
> Peut-être est-ce bientôt mon tour...

Il est peu de reliques dont la vue soit de nature à provoquer une émotion aussi vive et de plus cruels regrets.

162. **Notice sur Bernadotte,** par NAPOLÉON Ier. — *Lettres et fragments autographes.* — Nouvelles acquisitions du fonds français 2003.

Cette notice est accompagnée d'une transcription — qui n'est certes pas inutile — faite par les soins du comte de Las Cases.

163. **Les Martyrs,** par CHATEAUBRIAND. — *Lettres de Chateaubriand.* — Nouvelles acquisitions du fonds français 10555, fol. 56.

Fragment du manuscrit autographe.

164. **Ecrits politiques de Mme de Staël.** — Nouvelles acquisitions du fonds français 1300.

Le volume est ouvert à un passage dans lequel Mme de Staël parle de la République.

165. **Méditation de Lamartine.** — Albums de Lamartine, n° 2, fol. 32.

C'est la méditation dédiée à Elvire et datée de 1815 :

> Lorsque seule avec toi pensive et recueillie,
> Tes deux mains dans la mienne, assis à tes côtés,
> J'abandonne mon âme aux chastes voluptés
> Et je laisse couler les heures que j'oublie...

166. **Le dernier bouffon songeant au dernier roi,** dessin par
      Victor Hugo. — *Le Roi s'amuse,* par Victor Hugo.
      Victor Hugo, vol. 15.

Ce curieux dessin a été mis par Victor Hugo, à la fin
de son manuscrit du *Roi s'amuse.* — Ce volume fournit
un spécimen de la petite écriture des premières œuvres
du poète.

167. **Aux rois,** par Victor Hugo. — *La Légende des siècles,*
      par Victor Hugo. — Victor Hugo, vol. 40.

La pièce est datée du 23 avril 1874. Le poète a agrandi
le module de son écriture et s'est servi, comme dans
toutes les œuvres de la dernière période de sa vie, d'un
plus grand papier.

168. **Vie de Jésus,** par E. Renan. — Nouvelles acquisitions
      du fonds français 11448.

Minute autographe entièrement écrite au crayon, en
Palestine, avec corrections, additions et surcharges.

MÉDAILLES FRANÇAISES

MÉDAILLES FRANÇAISES DU XVe AU XVIIIe SIÈCLE

169.   **Charles VII. 1455.** — Le roi sur son cheval de bataille, galopant vers la droite : FERRO PACEM..., etc. La légende doit être ainsi rétablie :

> Ferro pacem quesitam justitia magna conservas,
> Christo devotus milites disciplina cohercens.
> In evum regnes hos insignes peragens actus.
> Tempora de licteris hic et retro respice scies.

Les lettres MLICIICICCI de ce dernier vers donnent la date 1455. — Médaille frappée sous le règne de Charles VII, pour commémorer la fin de la guerre de Cent ans et l'expulsion des Anglais hors du royaume de France. — Or.

[PL. VIII.]

170.   **Charles VII. 1455.** — Le roi revêtu des ornements royaux, assis sur un trône, tenant le sceptre et l'épée. La légende est celle qui figure au revers de la pièce précédente :

> Regna patris possidens, in pace que lilia tenens
> hostibus fugatis, rex, vivas, septime regnans
> Karole, ferox rebellibus, subditis equus,
> erga tuos justus, in hostes fortis et verax.

Médaille frappée sous le règne de Charles VII, pour commémorer la fin de la guerre de Cent ans et l'expulsion des Anglais hors du royaume de France. — Or.

171. **Charles VII. 1451.** — Ecu aux armes de France, entre
deux branches de roses. La légende se lit ainsi :

> Quant je fu fait, sans diférance,
> au prudent roi, ami de Dieu,
> on obéissoit partout en France
> fors à Calais qui est fort lieu.

Elle se poursuit au revers :

> D'or fin suis extrait de ducas
> et fu fait pesant VIII caras,
> en l'an que verras moi tournant,
> les letres de nombre prenant.

Les lettres romaines numérales du premier qua-
train (sauf les D) donnent la date 1451. — Médaille frappée sous le règne de Charles VII, pour commémorer la fin
de la guerre de Cent ans et l'expulsion des Anglais hors
du royaume de France. — Or.

172. **Louis XI. 1469.** — L'archange saint Michel tenant l'épée
et un écu aux armes de France, foulant aux pieds le
démon. — Médaille commémorant l'institution de
l'Ordre de Saint-Michel, le 1ᵉʳ août 1469. — Or,
frappé.   [PL. VIII.]

173. **Charles VIII. 1493.** — Le revers est à l'effigie d'Anne de
Bretagne. FELIX FORTVNA DIV EXPLORATVM ACTVLIT.
1493. — Cette médaille fut offerte par la Ville de
Lyon au roi et à la reine de France, lors de leur
passage. — Or, frappé.   [PL. VIII.]

174. **Louis XII. 1499.** (Avec, au revers, le porc-épic symbo-
lique.) — Cette médaille fut offerte au roi par la ville
de Tours. Œuvre de MICHEL COLOMBE et de JEAN CHA-
PILLON. — Or, frappé.   [PL. VIII.]

175. **Anne de Bretagne. 1499.** (Avec, sur l'autre face, Louis
XII.) —Buste de la reine sur un champ mi-partie de
lys et d'hermines. — Médaille offerte au roi et à la

reine par la ville de Lyon. Œuvre de NICOLAS LE-
CLERC, NICOLAS DE SAINT-PRIEST et JEAN LEPÈRE. —
Bronze, fondu.

176. **Antoine, roi de Navarre**, père d'Henri IV. — Plaquette de
bronze, fondue.

177. **Catherine de Médicis.** — Médaillon de bronze attribué à
GERMAIN PILLON. — Fondu.

178. **Charles IX. 1572.** — Médaille commémorant la Saint-
Barthélemy : VIRTVS IN REBELLES. 24 août 1572. —
Argent, frappé.

179. **Henri III.** — Médaillon de bronze attribué à GERMAIN
PILLON. — Fondu.

180. **René de Birague**, chancelier de France (mort en 1583).
— Médaillon de bronze doré, fondu et ciselé après
la fonte, attribué à GERMAIN PILLON (comparez la
statue de bronze du même personnage, par cet
artiste, au Musée du Louvre). Cette pièce magnifique nous est parvenue dans son écrin de maroquin
aux armes de René de Birague. C'est donc l'exemplaire « de présentation ». L'ensemble a été légué au
Cabinet des Médailles en 1919, par feu M. le Chevalier de Stuers, ministre des Pays-Bas en France.

[PL. IX.]

181. **Marie de Vignon, marquise de Treffort**, seconde femme
François de Bonne, duc de Lesdiguières. 1613. —
Médaillon de bronze, fondu. Œuvre de JACOB RICHIER.

182. **Pierre Jeannin**, Conseiller du roi, Surintendant des
Finances. 1618. — Médaillon de bronze, fondu.
Œuvre de GUILLAUME DUPRÉ.

183. **Armand Duplessis**, cardinal de Richelieu. 1631. — Or,
fondu. Œuvre de JEAN VARIN.

184. **Charles de l'Aubespine, garde des sceaux de France.**
1653. — Médaillon fait de deux plaques de bronze
fondues et dorées.

185. **Charles de Secondat, baron de Montesquieu.** — Argent,
frappé. Œuvre de J.-A. DASSIER.   [PL. XI.]

186. **C. Gravier, comte de Vergennes, Conseiller d'Etat.** —
Essai en étain, frappé. Œuvre de LORTHIOR.
[PL. XI.]

187. **Le duc de Choiseul, Pair de France.** — Médaillon de
bronze, fondu. Œuvre de FONTAINE.

188. **Louis XVI. 1789.** — Abandon de tous les privilèges.
Assemblée nationale, IV août MDCCLXXXIX. —
Bronze doré, frappé. Œuvre de GATTEAUX.

189. **Napoléon Bonaparte. 1796.** — Médaille commémorant la
victoire de Montenotte. — Or, frappé. Œuvre de
GAYRARD.

190. **Napoléon Bonaparte.** — L'Egypte conquise, 1798. — Or,
frappé. Œuvre de J. JOUANNIN et F. DENON.

191. **Napoléon Bonaparte.** — Conquête de la Basse-Egypte.
AN VII. — Or, frappé. Œuvre de BRENET.

192. **Napoléon Bonaparte.** — Retour d'Egypte. Arrivée à Fré-
jus, 17 vendémiaire An VIII. — Or, frappé. Œuvre
de DENON et GALLE.

193. **Bonaparte, Premier Consul.** — Médaille commémorant la
paix de Lunéville. An IX, 1801. — Bronze doré,
frappé. Œuvre de DROZ.

194. **Napoléon Iᵉʳ.** — Médaille de l'Ecole des Mines du Mont-
Blanc. — Or, frappé. Œuvre de BRENET et DENON.

195. **Société libre d'Agriculture du Département de la Seine.**
— Or, frappé. Jeton. Œuvre de GATTEAUX.

MÉDAILLES ROYALES DU XVIIe ET XVIIIe SIÈCLES

Les médailles suivantes sont. présentées dans les cartons de maroquin rouge fleurdelysé, exécutés par ordre de Louis XIV, pour le Cabinet du roi.

PREMIER CARTON

196. **Henri IV. 1590.** — Médaille commémorant la victoire d'Yvry : VICTORIA YVRIACA. — Argent, pièce fondue et reprise au burin.

197. **Marie de Médicis, régente du royaume.** — Argent, frappé. Œuvre de Pierre RÉGNIER.

198. **Louis XIII. 1627.** — Médaille commémorant les victoires sur mer et sur terre remportées sur les Anglais : VICTIS, FVSIS FVGATIS TERRA MARIQ. ANGLIS. Le roi sur une colonne rostrale érigée au milieu des flots; au loin, la flotte française. — Bronze doré, fondu.

199. **Henri IV. 1598.** — Médaille de la paix de Vervins : PACE TERRA MARIQVE PARTA. OPTI. PRIN. 1598. — Argent, frappé.

200. **Louis XIII jeune. 1614.** — Argent, frappé.

201. **Henri IV. 1594.** — Médaille commémorant la sortie des Espagnols de Paris : EGREDIMINI HISPANI - AGGREDIAR & INGREDIAR - LVTETIA - 1594. — Argent, frappé.

202. **Henri IV. 1590.** — Le roi à cheval. — Argent, frappé.

203. **Henri IV et Marie de Médicis.** — Or, fondu. Œuvre de Guillaume DUPRÉ.

204. **Henri IV. 1601.** — DEDIT HOC PATRIS INSITA VIRTVS. Thétis plongeant Achille dans le Styx. — Jeton commémorant la naissance du Dauphin (Louis XIII), le 27 septembre 1601. — Or, frappé.

205. **Marie de Médicis et Louis XIII jeune** (au revers, Henri IV). — Argent, fondu.

206. **Louis XIII. 1610.** La Sainte Ampoule. — Médaille du Sacre, 17 octobre 1610. — Argent, frappé. Œuvre de Nicolas BRIOT.

207. **Henri IV. 1604.** — MAIESTAS MAIOR AB IGNE. Henri IV et Marie de Médicis se donnant la main au dessus d'un brasier. — Argent doré, frappé. Œuvre des DANFRIE.

208. **Henri IV. 1602.** — OPPORTVNIVS. Henri IV, sous les traits d'Hercule, combattant un centaure qui a les traits du duc de Savoie; allusion à la conquête de la Bresse et de la Savoie (le duc de Savoie avait pris comme emblème la constellation du Centaure). — Argent, fondu. Œuvre de Philippe DANFRIE.

209. **Marie de Médicis.** — ORITVR ET LACTE VIRESCIT. La reine, sous les traits de Junon, et l'Abondance, contemplant le lys royal qui surgit au soleil, hors d'un vase. — Or, frappé.

210. **Marie de Médicis. 1613.** — Argent, pièce fondue, faite de deux plaques soudées. Œuvre de Guillaume DUPRÉ.

211. **Louis XIII.** — Le roi revêtu de la peau de lion, comme Hercule. — Médaille commémorant la mort de Louis XIII, exécutée pour la Grande Histoire métallique de Louis XIV. — Argent, frappé.

212. **Henri IV. 1601.** — Mars tenant un centaure dont le corps est semé d'étoiles. MARTIS CEDVNT HAEC SIGNA PLANETAE. — Argent, fondu. Œuvre de Nicolas GUINIER. (Voir le n° 208.)

213. **Louis XIII. 1638.** — Le roi consacrant son royaume à la Sainte-Vierge. SE ET REGNVM DEO SUB B. MARIAE TUTELA CONSECRAVIT - ARAM VOVIT MDC XXXVIII. — Médaille

du *Vœu de Louis XIII.* — Grande Histoire métallique
de Louis XIV. — Argent, frappé. Œuvre de T. BER-
NARD.

214. **Louis XIII. 1617.** — Le pont St-Michel : EVERTIT ET
AEQUAT. XXI SEPTEMBER. 1617. — Médaille commémorant la pose de la première pierre du pont St-Michel,
à Paris. — Argent, frappé.

215. **Gaston d'Orléans, frère de Louis XIII.** — Argent, fondu.

216. **Henri IV et Marie de Médicis. 1603.** — PROPAGO IMPERI-
1603. Le roi et la reine, sous les traits de Mars et de
Minerve, joignant leurs mains au dessus d'un enfant
(Louis XIII, Dauphin), qui cherche à se coiffer du
casque de son père. — Bronze doré, fondu. Œuvre
de Guillaume DUPRÉ.

217. **Louis XIV. 1646, régence d'Anne d'Autriche.** — Médaille
commémorant la pose de la première pierre de
l'Hôtel-de-Ville de Lyon, le 5 septembre 1646. —
Argent, frappé.

218. **Louis XIII. 1630.** — La France avec la Renommée, sur un
char de triomphe. TANDEM VICTA SEQVOR. — Argent,
fondu. Œuvre de Jean VARIN.

219. **Henri IV. 1600.** — Hercule : VINCES ROBVR ORBIS. 1600.
— Médaille commémorant la reprise du marquisat
de Saluces sur le duc de Savoie. — Bronze, fondu.
Œuvre de Guillaume DUPRÉ.

DEUXIÈME CARTON

220. **Louis XIV. 1672.** — PERRVPTIS BATAVIAE CLAVSTRIS - TER-
ROR ET FVGA. — Les retranchements de l'Issel aban-
donnés par les Hollandais. — Médaille commémorant
la victoire remportée près d'Utrecht, sur le prince

d'Orange, le 13 juin 1672. Grande Histoire métallique de Louis XIV. — Or, frappé. Œuvre de H. ROUSSEL.

221. **Anne d'Autriche et Louis XIV enfant. 1638.** — Médaille de la fondation du Val-de-Grâce. — Or, fondu.

222. **Louis XIV. 1661.** — Le roi recevant les placets qu'on lui présente : FACILIS AD PRINCIPEM ADITVS - FELICITAS PVBLICA. — Grande Histoire métallique. — Or, frappé. Œuvre de MOLART.

223. **Anne d'Autriche et Louis XIV enfant. 1638.** — La façade du Val-de-Grâce : OB GRATIAM DIV DESIDERATI REGII ET SECVNDI PARTVS - QVINTO CAL. SEPT. 1638. — Médaille de la fondation du Val-de-Grâce. — Argent, fondu, et repris au burin. (Autre exemplaire du N° 2, revers.)

224. **Louis XIV. 1665.** — Le roi commandant l'exercice de ses gardes : DISCIP. MILIT. REST. - MDCLXV. — Petite Histoire métallique. — Argent, frappé. Œuvre de MAUGER.

225. **Louis XIV. 1688.** — Le soleil : NOBIS IAM MELIVS NITET- 1688. — Or, frappé. Œuvre de ROUSSEL.

226. **Louis XIV. 1699.** — Le roi remettant entre les mains de l'Alsace, à genoux devant lui, le plan de Neuf-Brisach: SECVRITAS ALSATIAE - NEO BRISACUM - MDCXCIX. — Petite Histoire métallique. Médaille commémorant la fondation de Neuf-Brisach, destinée à servir de rempart à l'Alsace, après le traité de Ryswick. — Or, frappé. Œuvre de MAUGER.

227. **Louis XIV. 1688.** — Or, frappé. Œuvre de ROUSSEL.

.228. **Louis XIV.** — Argent, frappé. Œuvre de Giovanni HAME- RANI (Rome).

229. **Louis XIV. 1667.** — Argent, fondu.

230. **Marie-Thérèse d'Autriche, reine de France, 1662.** — Or, frappé.

231. **Louis XIV. 1667.** — Les villes de Tournai et de Courtrai offrant leurs clefs au roi que couronne la Victoire : CIVITATES TORNACENSIS ET CVRTRACENSIS; à leurs côtés la Lys et l'Escaut. — Médaille commémorant la reprise de ces deux villes aux Espagnols, le 24 juin et le 18 juillet 1667. — Or, fondu.

232. **Louis XIV. 1691.** — Combat de cavalerie : VIRTVS EQVITVM PRAETORIANORVM - PUGNA AD LEUZAM - MDCLXXXXI. — Médaille commémorant la valeur de la cavalerie de la Maison du roi à la bataille de Leuze, le 18 septembre 1691. Grande Histoire métallique. — Or, frappé. Œuvre de MAUGER.

233. **Louis XIV. 1689.** — Promotion de soixante-quatorze chevaliers du Saint Esprit, en 1689. TORQUAT. EQUITUM CENTURIA SUPPLETA - REGII ORDINIS EQUITIBUS LECTIS LXXIV MDCLXXXIX. Le roi assis sous un dais, recevant le serment d'un nouveau chevalier. — Petite Histoire métallique. — Or, frappé. Œuvre de ROUSSEL.

234. **Louis XIV. 1665.** — Médaille de Madagascar : COLONIA MADAGASCARICA - MDCLXV. — Petite Histoire métallique. — Argent, frappé.

235. **Louis XIV. 1660.** — Or, frappé.

236. **Louis XIV.** — La Renommée : QVA PATET IMMENSI MACHINA COELI. — Or, frappé.

237. **Louis XIV. 1672.** — ORDO MILIT. S. LAZARI HIEROSOL. RESTITVTVS - REGE ASSERTORE ET SVMMO DUCE - MDCLXXII. — Médaille commémorant le rétablissement, sous les auspices du roi, de l'Ordre de St-Lazare. Argent, frappé.

238. **Louis XIV. 1688.** — Hercule : TVTI QVOS SERVAT. — Or, frappé. Œuvre de ROUSSEL.

239. **Louis XIV. 1667.** — Le roi rendant la justice : IVSTITIAS IVDICANTI. — Médaille commémorant la nouvelle ordonnance de 1667, abrégeant la procédure. — Argent, frappé.

240. **Louis XIV. 1667.** — Construction de l'Observatoire : SIC ITVR AD ASTRA - TVRRIS SIDERVM SPECVLATORIA - MDCLXVII. — Argent, frappé.

241. **Louis XIV. 1688.** — Couronne de lys autour d'un écu au lion passant. SIC FVLMINA TEMNVNT. 1688. — Or, frappé.

242. **Louis XIV. 1651.** — Une femme tenant une balance, entre une caisse de monnaies et un four ardent : HIS IVSTA PROBANTVR. — Jeton de monnayeur. — Argent, frappé.

243. **Louis XIV. 1668.** — Minerve : PVGNAT ET EXCITAT ARTES - AEDIF. REG. 1668. — Argent, frappé.

244. **Louis XIV. 1667.** — Neptune d'un coup de son trident ouvrant la terre pour faire communiquer deux mers : NOVVM DECVS ADDITVR ORBI - MARIA IVNCTA - 1667. — Médaille commémorant le percement du canal des deux mers, joignant la Méditerranée à l'Océan, de Cette à Toulouse. — Argent, frappé.

245. **Louis XIV. 1685.** — La statue du roi érigée après la révocation de l'Edit de Nantes, pour commémorer l'extinction de l'hérésie : LVD. MAG. RELIGIONIS ASSERTOR ET VINDEX. — Or, frappé. Œuvre de MAUGER.

246. **Anne d'Autriche. 1643.** — Or, frappé. Œuvre de Jean VARIN.

247. Louis XIV. 1654. — La ville de Reims, et au-dessus, la
      Sainte Ampoule : SACRAT. AC SALVT. REMIS. MAII. XXXI.
      1654. - RHEMIS. — Médaille du sacre. — Or, frappé.

248. Louis XIV. — La ville de Cambrai : DVLCIVS VIVIMVS -
      CAMBRAY. — Or, frappé.

TROISIÈME CARTON

249. Louis XIV. — La France remettant un écu aux armes de
      France à une femme agenouillée devant elle : CIVIT. X.
      IMPERIAL. IN DITIONEM GALL. CONCEDVNT - FIDES ALSA-
      TIAE. Dix villes alsaciennes deviennent françaises
      (leurs écussons figurent au pourtour de la pièce). —
      Or, frappé.

250. Louis XIV. 1676. — La Victoire sur une galère dont la
      poupe est ornée d'un globe chargé de trois fleurs de
      lys : DELETA HOSTIVM CLASSE - VICTORIA PANORMITANA
      - MDCLXXXVI. — Médaille commémorant la victoire de
      Palerme, où fut défaite la flotte des Espagnols, le
      2 juin 1676. — Or, frappé.

251. Louis XIV. — La ville de Paris : FELICITAS PUBLICA -
      LVTETIA. — Or, frappé.

252. Louis XIV. 1674. — Le roi sur un char triomphal : DE
      SEQUANIS ITERVM - ADDITA IMPERIO GALLICO PROVINCIA -
      MDCLXXIV. — Médaille commémorant la seconde
      conquête de la Franche-Comté sur les Espagnols; au
      début de l'année 1674. — Or, frappé.

253. Louis XIV. 1647. — SCHOLAE AVGVSTAE - ACAD. REG. PICT.
      ET SCVLPT. LVTETIAE ET ROMAE INSTITVT. - MDCXLVII.
      — Médaille commémorant la fondation de l'Acadé-
      mie de peinture et de sculpture, à Paris et à Rome,
      en 1647. — Argent, frappé. Œuvre de MOLART.

254. **Louis XIV. 1691.** — Deux Renommées se rencontrant au milieu des airs : AB AVSTRO ET AB AQVILONE - INEVNTE APRILI - MDCLXXXXI. — Médaille commémorant les prises simultanées de Mons et de Nice, au début du mois d'avril 1691. — Or, frappé.

255. **Louis XIV. 1684.** — Le roi, accompagné par la Victoire, mettant le feu à un registre de comptes; devant lui, l'Espagne : HISPANIS REMISSA AVR. CORONAT. DCC MILL - INDVLGENTIA PR. - MDCLXXXIV. — Médaille commémorant la remise par le roi aux Espagnols d'une contribution de sept cent mille écus d'or, en 1684. — Argent, frappé.

256. **Louis XIV. 1683.** — Les fortifications de Strasbourg : CLAVSA GERMANIS GALLIA - ARGENTORATI ARCES AD RHENVM - MDCLXXXIII. — Or, frappé.

257. **Louis XIV. 1665.** — Or, fondu. Œuvre de Jean VARIN.

[PL. X.]

258. **Louis XIV.** — Le roi à cheval, précédé par l'Abondance : LIBERALITAS ITINERVM SOCIA. — Or, frappé.

259. **Louis XIV 1662.** — Le roi accueillant les ambassadeurs espagnols : IVS PRAECEDENDI GALLO ASSERTVM - HISPANORVM EXCVSATIO CORAM XXX LEG. PR. - MDCLXII. Le droit de préséance reconnu à la France par l'Espagne. — Grande Histoire métallique. — Argent, frappé. Œuvre de BERNARD.

260. **Louis XIV. 1666.** — PACEM TERRIS INDIXIT ET VNDIS. — Or, fondu et repris au burin. — Médaille commémorant la construction du port de Cette.

261. **Louis XIV. 1690.** — Hercule tenant la couronne de Savoie, combattant le centaure : INFIDELIS ALLOBROX PROFLIGATVS - AD STAFFARDAM - MDC LXXXX. — Médaille commémorant la victoire de Staffarde remportée par

Catinat sur le duc de Savoie, le 18 août 1690. Grande
Histoire métallique. — Or, frappé.

262.   **Louis XIV. 1681.** — IVNCTA·MARIA - A GARVMNA AD MONTEM
SETIVM FOSSA PERDVCTA - MDCLXXXI. — Médaille commémorant le percement du canal des deux mers. —
Grande Histoire métallique. — Argent, frappé. Œuvre
de MAUGER.

263.   **Louis XIV. 1687.** — La Piété parmi les dames et les filles
de Saint-Cyr : CCC PVELLAE NOBILES SANCIRIANAE - PIE-
TAS - MDCLXXXVII. — Médaille commémorant la fondation de la maison de Saint-Cyr. — Grande Histoire
métallique. — Or, frappé. Œuvre de T. BERNARD.

264.   **Louis XIV.** — Le char d'Apollon environné des signes du
Zodiaque : ORTVS SOLIS GALLICI - SEPT. HOR. XI. MIN.
XXII. ANTE MERID. MDCXXXVIII. — Médaille commémo-
rant la date de naissance du roi : 5 septembre 1638.
— Or, frappé.

265.   **Louis XIV. 1672.** — La Victoire tenant quatre couronnes
murales qu'elle montre au Rhin effrayé : VRBES IIII
SIMVL EXPVGNATAE - ORSOVIA . RHINBERGA. BVRICHIVM.
VESALIA - MDCLXXII. — Médaille commémorant la
prise de quatre villes sur le Rhin, en 1672 : Orsoy,
Burich, Wesel et Rhimberg. — Grande Histoire métallique. — Or, frappé.

266.   **Louis XIV. 1685.** — Le roi recevant le doge et quatre
sénateurs génois : GENVA OBSEQVENS - DVX LEGATVS ET
DEPRECATOR - MDCLXXXV. — Médaille commémorant
la soumission de la République de Gênes, à Versailles, le 15 mai 1685. — Grande Histoire métallique.
— Or, frappé.

267.   **Louis XIV. 1674.** — Prise de Besançon : VIRTVS GALLICI -
ARCE AD VESVNTIONEM EXPUGNATA - MDCLXXIIII. —

Grande Histoire métallique. — Argent, frappé. Œuvre de ROUSSEL.

268. **Louis XIV. 1675.** — L'Hôtel des Invalides : MILITIBVS SENIO AVT VVLNERE INVALIDIS - 1675. — Grande Histoire métallique. — Or, frappé.

269. **Louis XIV. 1670.** — Embellissement de Paris : ORNATA ET AMPLIATA VRBE - LVTETIA. — Grande Histoire métallique. — Argent, frappé. Œuvre de MOLART.

270. **Louis XIV. 1684.** — Or, frappé. Œuvre de ROUSSEL.

QUATRIÈME CARTON

271. **Louis XV. 1729.** — Médaille de J. Duvivier, commémorant la naissance du Dauphin, le 4 septembre 1729. — Histoire métallique. — Or, frappé.

272. **Louis XV. 1722.** — REX COELESTI OLEO UNCTUS - REMIS XXV OCTOBRIS MDCC XXII. — Médaille du sacre. Œuvre de J. DUVIVIER. — Bronze, frappé, verni et doré. — Histoire métallique.

273. **Louis XV. 1722.** — Médaille du sacre, par J. DUVIVIER. — Argent, frappé.

274. **Louis XV. 1729.** — Cybèle tenant un enfant dans son giron : VOTA ORBIS - NATALES DELPHINI - IV SEPTEMBRIS MDCCXXIX. — Médaille commémorant la naissance du Dauphin. — Histoire métallique. — Or, ' frappé. Œuvre de J. DUVIVIER.

275. **Louis XV. 1763.** — Médaille commémorant l'érection de la statue de Louis XV par la Ville de Paris. — Histoire métallique. — Argent, frappé. Œuvre de B. DUVIVIER.

276. **Louis XVI. 1785.** — Médaille commémorant la naissance du duc de Normandie, le 27 mars 1785 : NATALES

LUDOVICI CAROLI DUCIS NEUSTRIAE. — Or, frappé.
Œuvre de B. DUVIVIER.

277. Louis XV. 1724. — Argent, frappé. Œuvre de N. ROET-
TIERS. [PL. XI.]

278. Louis XV. 1770. — La France tenant l'écu de la Corse (à
la tête de Maure): QUOD SUBLEVATAM FINX. QUOD AVEL-
LATUR FASCIA - DICAT VOVET CONSECRAT CORS. CONSULT.
MDCCLXX. — Médaille commémorant l'acquisition de
la Corse, en 1770. — Or, frappé. Œuvre de Ch. N.
ROETTIERS.

279. Louis XV et Marie Anne Victoire, infante d'Espagne. —
Argent, frappé. Œuvre de LE BLANC.

280. Louis XVI. 1785. — Or, frappé. Œuvre de GATTEAUX.

281. Louis XVI. 1783. — Ascension d'une montgolfière : ATTO-
NITUS ORBIS TERRARUM - ITINERE PER AERA FELICITER
TENTATO ANNO MDCCLXXXIII. — Or, frappé. Œuvre de
GATTEAUX.

282. Louis XVI et Marie Antoinette. 1781. — Médaille commémorant la naissance du Dauphin. — Œuvre de
B. DUVIVIER.

283. Louis XV. 1751. — Médaille commémorant la naissance
du duc de Bourgogne, le 13 septembre 1751. GALLIA
FIT PARTU FELIX. — Argent, frappé.

284. Louis XV. 1770. — Médaille commémorant le mariage du
Dauphin et de Marie Antoinette d'Autriche : SACRUM
AETERNAE CONCORDIAE PIGNUS - MA. AVSTR. L. DELPH.
NUPT. XVI. MAII. MDCCLXX. — Argent, frappé. Œuvre
de LORTHIOR.

285. Louis XVI et Marie Antoinette. 1781. — Médaille commé-
morant la naissance du Dauphin, le 4 novembre 1781.
— Or, frappé. Œuvre de B. DUVIVIER.
[PL. XI.]

286. **Louis XV. 1770.** — Œuvre de Ch. N. ROETTIERS. — Argent, frappé.

287. **Louis XVI. 1782.** — Visite du roi et de la reine à Paris, à l'occasion de la naissance du Dauphin, le 21 janvier 1782 : SOLEMNIA DELPHINI NATALITIA - REGE ET REGINA URBEM INVISENTIBUS XXI JANU. MDCCLXXXII. — Or, frappé. Œuvre de B. DUVIVIER.

288. **Louis XVI et Marie Antoinette. 1782.** — Argent, frappé. Œuvre de B. DUVIVIER.   [PL. XI.]

289. **Louis XVI. 1777.** — Médaille commémorant le traité de 1777 avec la Suisse. — Or, frappé. Œuvre de B. DUVIVIER.

290. **Louis XVI. 1786.** Les prémices de l'or tiré des mines d'Allemont offertes au roi par Monsieur (le comte de Provence). — Argent, frappé. Œuvre d'Augustin DUPRÉ.

291. **Louis XVI. 1783.** — Médaille commémorant la construction des canaux de la Seine, de la Saône, de la Loire et du Rhin : UTRIUSQUE MARIS IUNCTIO TRIPLEX. — Or, frappé. Œuvre de B. DUVIVIER.

292. **Louis XVI. 1785.** — La carte des Indes françaises : L'ORIENT L'OCCIDENT BÉNIRONT MES BIENFAITS. 1785. — Argent, frappé.

293. **Louis XVI.** — SECURITAS PUBLICA. — Argent, frappé. Œuvre de GATTEAUX.

ESTAMPES [1]

294. COCHIN (Charles-Nicolas), 1688-1754.

La Mariée de village.

Gravure à l'eau-forte, terminée au burin avant toute lettre. 2° état. — E. Dacier et A. Vuaflart, n° 111-2.

L'estampe de Ch.-N. Cochin fut annoncée par *le Mermure*, en mars 1729.

Le tableau de Watteau appartint à Jean-François de la Faye, il fit ensuite partie de la collection de Mme de Verrue. Il se trouve actuellement au château de Sans-Souci, à Potsdam.

295. TARDIEU (Nicolas-Henri), 1674-1749.

L'Embarquement pour Cythère.

1er état à l'eau-forte pure. — E. Dacier et A. Vuaflart, n° 110-1.

Cette estampe gravée par Tardieu d'après le fameux tableau de Watteau, faisant alors partie du Cabinet de Jullienne, fut annoncée dans *le Mercure* d'avril 1733.

C'est l'œuvre la plus importante de Nicolas-Henri Tardieu qui avait été reçu membre de l'Académie royale en 1720.

Le tableau de Watteau est au château royal de Berlin. L'esquisse est au Musée du Louvre.

A titre de curiosité, signalons que cet état très rare fut acheté par le Cabinet des Estampes le 11 février 1880 pour la somme de 350 francs, — mais où sont les neiges d'antan ?

---

(1) Le classement adopté est l'ordre chronologique non des graveurs, mais des sujets représentés.

296. Tardieu (Nicolas-Henri), 1674-1749.

L'Embarquement pour Cythère.

2ᵉ état. La gravure est terminée au burin, mais avant toute lettre. — E. Dacier et A. Vuaflart, n° 110-2.

297. Cars (Laurent), 1699-1771.

Fêtes vénitiennes.

3ᵉ état. La planche à l'eau-forte est terminée au burin, mais avant toute lettre. — E. Dacier et A. Vuaflart, n° 6-3.

Cette estampe gravée par Cars d'après un des plus célèbres tableaux de Watteau du Cabinet de Jullienne fut annoncée en juillet 1732 dans *le Mercure.*

Le tableau de Watteau est aujourd'hui à la galerie Nationale d'Edimbourg.

[Pl. xii.]

298. Le Bas (Jacques-Philippe), 1707-1783.

L'Assemblée galante.

Gravure à l'eau-forte terminée au burin. 3ᵉ état, avec les contre-tailles dans le ciel. — E. Dacier et A. Vuaflart, n° 139-3.

Cette gravure de Le Bas fut exécutée d'après un tableau de Watteau du Cabinet de la comtesse de Verrue, dont l'Hôtel de la rue du Cherche-Midi fut pendant le premier tiers du xviiiᵉ siècle, le rendez-vous des amateurs, des artistes et des lettrés les plus célèbres de Paris.

M. Dacier cite une variante de ce tableau *la Réunion en plein air,* aujourd'hui au Musée de Dresde.

299. Aveline (Pierre), 1710-1760.

L'Enseigne de Gersaint.

Gravure à l'eau-forte, terminée au burin. 3ᵉ état. — E. Dacier et A. Vuaflart, n° 115-3.

Watteau avait peint ce tableau, en « Plat-fond » pour son ami Gersaint, marchand sur le pont Notre-Dame.

Watteau avait représenté le magasin du marchand « rempli des tableaux des plus grands maîtres ». La peinture de Watteau passa de chez Gersaint chez M. Gluck et ensuite dans le Cabinet de M. de Jullienne. Elle est actuellement au Palais-Royal de Berlin.

Sur l'histoire de ce tableau, voir : l'Etude de M. P. Alfassa dans le *Bulletin de la Société de l'Histoire de l'art français* de 1910.

P. Aveline termina sa gravure en 1732. Sa mise en vente fut annoncée par *le Mercure* de novembre.

300. LE BAS (Jacques-Philippe), 1707-1783.

Mlle d'Angeville la jeune.

Gravure à l'eau-forte, terminée au burin avant toute lettre.

Le Bas exécuta cette gravure d'après un tableau de Pater.

Mlle Marie-Anne Botot, dite Mlle d'Angeville la jeune (1714-1796), était une actrice du Théâtre Français. Pater l'a représentée en Thalie, entourée de petits génies avec des attributs comiques.

Il existe une préparation de La Tour, Musée de Saint-Quentin, représentant Mlle d'Angeville et aussi un buste de J.-B. Lemoyne, représentant la même actrice, au Musée de la Comédie française. (E. Dacier, *Le Musée de la Comédie française*, Paris, 1905, p. 162).

301. LE BAS (Jacques-Philippe), 1707-1783.

L'Hiver, d'après Lancret.

Gravure à l'eau-forte terminée au burin. Epreuve du 2ᵉ état. — E. Bocher : Lancret, nº 40.

L'Hiver fait partie d'une suite des Quatre Saisons, peinte par Lancret; *le Printemps* fut gravé par Audran, *l'Eté* par Scotin et *l'Automne* par Tardieu.

Nous lisons les vers suivants, en bas de la gravure :

Contre l'Excès d'un Froid souvent insuportable
Aux Dames en Hiver le Bal est favorable ;
Mais dans cet Exercice on ne saurait passer,
Quelqu'en soit le plaisir, Jour et nuit à danser :
Aussi quand on est lasse on fait une Reprise
D'ombre, en chambre bien close et proche d'un bon Feu
Pour lors bravant le froid chacun joue à sa guise,
Jusques au petit chat qui veut être du Jeu.

302. COCHIN (Charles-Nicolas), 1688-1754.

Le Jeu du pied de bœuf.

Gravure à l'eau-forte terminée au burin. Epreuve avant toute lettre. — Portalis et Béraldi, n° 9.

Cette estampe fut gravée par Cochin le père, d'après le tableau de de Troy, peint en 1725.

Sur les épreuves avec la lettre, on lit les vers suivants :

En vain je voudrois m'en deffendre
Vous m'aprenez trop, jeune Iris
Qu'à ce jeu lorsqu'on croit vous prendre
On ne manque pas d'estre pris.

303. COCHIN (Charles-Nicolas), 1688-1754.

Fuyez Iris, ce séjour est à craindre.

Gravure à l'eau-forte terminée au burin. Epreuve avant la lettre. — Portalis et Beraldi, n° 10.

Cette estampe fut gravée par Cochin le père, d'après J.-B. de Troy, en 1727.

304. COCHIN (Charles-Nicolas), 1688-1754.

La Fontaine.

Epreuve d'eau-forte avant toute lettre. — Portalis et Beraldi, n° 1.

Cette estampe fut gravée par Charles-Nicolas Cochin, d'après le tableau de Chardin, peint en 1733 et représentant une fille tirant de l'eau à une fontaine, qui fut exposé au Salon de 1737.

Ce tableau fit partie du Cabinet du Chevalier de la Roque et se trouve actuellement au Musée de Stockholm. (V. E. Bocher : S. Chardin, n° 21).

On voit au Louvre, dans la collection La Caze, l'étude de la fontaine pour le tableau en question.

305. COCHIN (Charles-Nicolas), 1688-1754.

La Blanchisseuse.

Epreuve d'eau-forte avant toute lettre. — Portalis et Beraldi, n° 1.

Cette gravure fut faite par Charles-Nicolas Cochin, d'après le tableau de Chardin faisant partie du Cabinet du Chevalier de la Roque.

L'estampe fut annoncée par le *Mercure de France,* en juin 1739.

Le taleau de Chardin est actuellement au Musée de Stockholm.

306. BEAUVARLET (Jacques-Firmin), 1731-1797.

Le Testament de la Tulipe.

Gravure au burin avec la lettre.

Estampe gravée par Beauvarlet, d'après Lenfant. Curieuse pour la vie militaire de cette époque.

307. LE BLOND (Jacques-Christophe), 1670-1741.

Louis XV.

Gravure en manière noire, tirée en couleurs à plusieurs planches.

C'est Christophe Le Blond qui le premier inventa la gravure en couleurs à plusieurs planches. Voir : *L'art d'imprimer les tableaux, traité d'après les écrits, les opérations et les instructions verbales de J.-C. Le Blond.* Paris, Le Mercier, 1756.

Par son procédé, Le Blond cherchait à donner l'illusion de la peinture. L'estampe exposée qui est dans un état de conservation remarquable, fut donnée au Cabinet des Estampes en 1831, par le graveur Ponce. Le Cabinet des Estampes possède une autre épreuve, vernissée afin de mieux pasticher la peinture à l'huile.

308. COCHIN (Charles-Nicolas), 1688-1754.

Décoration du bal masqué donné par le Roi dans la grande galerie du Château de Versailles, la nuit du 25 au 26 février 1745.

1er état, à l'eau-forte pure. — Jombert, n° 126.

Cette fête fut donnée par Louis XV pour le mariage de Louis, Dauphin de France, avec Marie-Thérèse, infante d'Espagne.

Charles-Nicolas Cochin le fils avait dessiné d'après nature le bal et la décoration de la salle et ce fut son père qui grava l'estampe en 1746.

309. LE BAS (Jacques-Philippe), 1707-1783.

La bonne éducation.

Gravure à l'eau-forte et au burin. Epreuve du 2e état. — E. Bocher : Chardin, n° 7.

La gravure de Le Bas, d'après le tableau de Chardin peint en 1749, a figuré au Salon du Louvre, en 1757.

310. DEMARTEAU (Gilles), 1722-1776.

Un Polisson, d'après F. Boucher.

Gravure en manière de crayon, à deux tons, bleu et noir sur papier bleu. — Leymarie, n° 516.

Etude d'enfant, mal peigné, coiffé d'un grand chapeau.

311. DEMARTEAU (Gilles), 1722-1776.

Figure de jeune fille, d'après Huet.

Gravure en manière de crayon à deux tons, bleu et noir. — Leymarie, n° 517.

Jeune fille coiffée d'une fanchon, elle porte de sa main droite un panier et tient dans sa main gauche une fleur. Un chien saute auprès d'elle.

312. FRAGONARD (Honoré), 1732-1806.

Bacchanales ou jeux de satyres.

1er état avant les numéros et le titre.

Suite d'eaux-fortes gravées en Italie en 1763 par Fragonard. A Paris, chez Joubert, rue des Mathurins, aux deux pilliers d'or. — R. Portalis: Fragonard, n° 118; Portalis et Beraldi, n° 1.   [PL. XIII.]

313. SAINT-AUBIN (Augustin de), 1736-1807.

Portrait de Mme de Nettine.

Etat d'eau-forte pure. Seul exemplaire connu, non décrit par E. Bocher : Catalogue de l'œuvre de Saint-Aubin, n° 333.

Madame de Nettine, femme d'un banquier de Bruxelles était la belle-mère de M. de la Live, l'introducteur des ambassadeurs. Ses trois autres filles avaient épousé : la première, M. de Laborde, banquier de la Cour; la seconde, M. Nicault d'Harvelay; la troisième, M. de Walckiers. (V. F. COURBOIN, *Histoire illustrée de la gravure française*, en publication).

Le portrait de Mme de Nettine fut gravé par Saint-Aubin, en 1763, d'après Bernard. M. de la Live, élève et protecteur d'Augustin de Saint-Aubin, se crut, dans son zèle de néophyte, obligé d'ajouter quelques tailles de son invention à cette exquise eau-forte. Augustin de Saint-Aubin dut goûter fort peu cette manière de procéder, il devait rendre la monnaie de sa pièce à M. de la Live en 1765, lorsque ce dernier entreprit la gravure de ses Hommes illustres. Saint-Aubin en effet refit presque entièrement les portraits de cette série. Il est vrai qu'afin de ne pas décourager son riche élève, l'aimable et spirituel graveur prit la précaution de dire qu'il avait refait ces portraits dans le goût de l'auteur (M. de la Live) qui les avait commencés. Les amateurs acceptèrent cette explication pour ce qu'elle valait.

314. MOREAU LE JEUNE (Jean-Michel), 1741-1814.

Le Couché de la mariée.

Epreuve du 1er état à l'eau-forte pure. — E. Bocher, n° 232-1.

La gouache de Baudoin, d'après laquelle fut gravée l'estampe de Moreau, fut exposée au Salon de 1767. Diderot, dans son Salon de cette année, ne se montra guère indulgent pour le petit tableau du gendre de Boucher, mais dut reconnaître que la mariée était d'un « joli ensemble et la tête bien dessinée ».

Malgré la critique de Diderot, la gouache de Baudoin eut un grand succès et Moreau le jeune en commençait l'eau-forte en 1768. Simonet termina cette gravure au burin et elle fut annoncée dans *le Mercure de France* en septembre 1770. On la vendait en épreuves ordinaire trois livres.

315. BONNET (Louis-Marin), 1743-1793.

Vénus et l'amour, d'après Boucher.

Gravure en manière de crayon à deux tons, le noir rehaussé de blanc, sur papier bleu. Epreuve avant toute lettre.

Bonnet a voulu imiter un dessin à la pierre noire rehaussé de blanc. Il habitait à Paris, rue Galande, puis rue Saint-Jacques, au coin de la rue de la Parcheminerie, *Au Magasin anglais,* et avait été « pensionné et gratifié du Roi pour ses nouvelles gravures ».— Voir: *Catalogue d'estampes dans le nouveau genre de gravures tant à la manière de pastel qu'aux deux crayons, le noir rehaussé de blanc sur le papier bleu,* par le sieur Bonnet... (1780), in-8°, 35 p. indiqué dans la *Bibliographie de la gravure française* de MM. Courboin et Roux, en préparation, et l'excellente étude de F.-L. Bruel dans le tome I du *Catalogue de la collection de Vinck,* pp. 39-42.

316. DAGOTY (Jean-Baptiste-André-Gautier).

Portrait de Madame du Barri, 1771.

Gravure en couleurs, à plusieurs planches. — Cette estampe est des plus rares. On y remarque un essai d'impression du blanc.

La comtesse du Barri est représentée en train de prendre son chocolat que lui apporte le nègre Zamore.

Cette épreuve fut léguée au Cabinet des Estampes par le

chevalier Michel Hennin., en même temps que la fameuse collection historique qui porte son nom.   [PL. XIV.]

317. JANINET (Jean-François), 1752-1813.

La reine Marie-Antoinette.

Gravure en couleurs, à plusieurs planches. Très rare état avant toute lettre et avant la bordure. — Portalis et Beraldi, n° 132. Cf. F. L. Bruel, Catalogue de la collection de Vinck, t. I, n° 336.

Cette estampe fut gravée par Janinet, en 1777.

[FRONTISPICE.]

318. MOREAU LE JEUNE (Jean-Michel), 1741-1814.

Le Festin royal.

2ᵉ état. — Eau-forte pure, avec des travaux, mais avant les armes et avant toute lettre. — E. Bocher, n° 201-2.

Ce festin fut donné au Roi et à la Reine par la Ville de Paris, le 21 janvier 1782, à l'occasion de la naissance du Dauphin.

Le dessin de Moreau le jeune d'après lequel il grava lui-même cette estampe, figura au Salon de 1783, n° 306.

319. MOREAU LE JEUNE (Jean-Michel), 1741-1814.

Le Bal masqué.

1ᵉʳ état. Eau-forte pure, avant l'achèvement de la gravure, avant les armes. — E. Bocher, n° 200-1.

Ce bal fut donné au Roi et à la Reine par la Ville de Paris, le 23 janvier 1782, à l'occasion du mariage du Dauphin. Louis XVI et Marie-Antoinette s'étaient rendus à ce bal après avoir soupé au Temple. *Le Mercure* du 24 janvier rapporte à propos de cette fête, que l'affluence y fut si grande, qu'à un moment donné la reine avait crié « j'étouffe » et que le Roi avait été obligé de se faire place à coups de coude. Malgré cela, ajoute philosophiquement le rédacteur, « ils ont paru s'amuser ».

Cette pièce faisait pendant au *Festin royal* du 21 janvier 1782.

Le dessin de Moreau le jeune, d'après le quel il grava lui-même cette estampe, fut exposé au Salon de 1783, sous le n° 306.

320. REGNAULT (Nicolas-François), 1746-   .
Le Baiser à la dérobée, d'après Fragonard.
Gravure au pointillé. Epreuve du 1er état avant toute lettre, le nom du graveur est tracé à la pointe, à droite, sous le trait carré. — R. Portalis; Fragonard, n° 25, p. 322.

321. CHAPUY (Jean-Baptiste), 1760-1802.
Le Bosquet d'amour.
Gravure en couleurs à plusieurs planches, épreuve du 2e état (en prenant la planche en noir comme 1er état).
Cette estampe dans le 3e état, prit le titre : *Les trois sœurs au parc de Saint-Clou.*
Chapuy avait gravé cette pièce d'après une gouache de Lawreince; il exécuta en pendant la *Promenade au bois de Vincennes.*
Sur Chapuy voir : Henri Beraldi, *Les Graveurs du XVIII° siècle,* t. I, p. 359 et E. Bocher : Lawreince, n° 12.

322. CHAPUY (Jean-Baptiste), 1760-1802.
La Promenade au bois de Vincennes.
Gravure en couleurs à plusieurs planches. Epreuve du 2e état (en comptant pour le 1er état les épreuves en noir).
Dans les états postérieurs cette gravure porte le titre : *Les grâces parisiennes au bois de Vincennes.*
Sur Chapuy, voir H. Beraldi : *Les Graveurs du XVIII° siècle,* I, p. 359.
E. Bocher : Lavreince 50, ne reconnaît que 2 états, ceux de la planche en couleurs avec les changements de titre.

323. JANINET (Jean-François), 1752-1813.
Offrande à l'amour.
Gravure en couleurs, à plusieurs planches. Epreuve avant la lettre. — Portalis et Beraldi, n° 2.

324. JANINET (Jean-François), 1752-1813.
  Les trois Grâces, d'après le tableau de Pellegrini.
  Gravure en couleurs à plusieurs planches. Etat avant
la guirlande de roses. — Portalis et Beraldi. 60.

325. DEBUCOURT (Louis-Philibert), 1755-1832.
  Le Menuet de la Mariée.
  Gravure en couleurs à plusieurs planches, une de noir
et trois pour les couleurs jaune, bleu, rouge. 5ᵉ état. —
M. Fenaille, n° 8; Vuaflard et Herold, n° 5.
  Cette estampe fut publiée en 1786 comme pendant à
la Noce de village de TAUNAY, gravée par Desçourtis.
  L'épreuve exposée a été donnée au Cabinet des Estam-
pes par M. Maurice Fenaille.

326. LECŒUR (Louis).
  Promenade du jardin du Palais-Royal, 1787.
  Gravure en couleurs, à plusieurs planches. Epreuve du
4ᵉ état.
  Cette gravure est le pendant de la *Promenade de la
Galerie du Palais-Royal* de Debucourt, exécutée aussi en
1787. Pendant longtemps on l'avait attribué à Debucourt.
C'est M. Fenaille (Debucourt, n° 11) qui l'a restituée à
Louis Lecœur. Ce dernier l'aurait gravée d'après un
dessin de Desrais.
  C'est un document très curieux pour l'histoire des
mœurs et du costume à la veille de la Révolution.

327. DEBUCOURT (Louis-Philibert), 1755-1832.
  La Noce au château.
  Gravure en couleurs à plusieurs planches. Epreuve du
2ᵉ état. — M. Fenaille, n° 21-2.
  La Noce au château, annoncée par le journal de Paris
du 14 avril 1789, était destinée à faire pendant au *Menuet
de la Mariée.*

328. DEBUCOURT (Louis-Philibert), 1755-1832.
  Almanach National.
  Dédiée aux amis de la Constitution. — Gravure en cou-

leurs en plusieurs planches. 3ᵉ état. — M. Fenaille, n° 26-3.

Cette gravure de Debucourt fut annoncée dans le *Journal de Paris* du 7 janvier 1791.

Elle se vendait chez l'auteur, cour du Louvre, 5ᵉ porte à gauche, en entrant par la colonnade.

329. DEBUCOURT (Louis-Philibert), 1755-1832.

La Promenade publique, 1792.

Gravure en couleurs, à plusieurs planches, une de noir et trois pour les couleurs jaune, bleu et rouge. 2ᵉ état avant la lettre avec la signature de l'artiste. — M. Fenaille, nº 33-2; Vuaflard et Herold, nº 25.

C'est la pièce la plus importante et la plus représentative de l'artiste et en même temps un document très précieux pour l'histoire de la Société élégante de Paris en 1792.

Sur la droite se retournant pour envoyer un baiser du bout des doigts, le jeune duc de Chartres, futur « Louis-Philippe ».

Cette épreuve fait partie de la donation Smith-Lesouëf-Champion.

330. COQUERET (Pierre-Charles), 1761-1824.

On doit à sa patrie le sacrifice de ses plus chères affections.

Gravure en couleurs à plusieurs planches.

Cette estampe est gravée par Coqueret, d'après Dutailly.

321. COQUERET (Pierre-Charles), 1761-1824).

Il est glorieux de mourir pour sa patrie.

Gravure en couleurs à plusieurs planches.

Cette estampe fut éditée pour servir de pendant à *On doit à sa patrie le sacrifice de ses plus chères affections.*

Coqueret était élève de Janinet.

TABLE DES PLANCHES

Le cul-de-lampe ornant la page de couverture et le titre est un bois original de M. Duneufgermain, obligeamment mis à la disposition de l'éditeur par M. A. Tardy, de Bourges.

TABLE DES MATIÈRES